好还有，爱和梦想

文青安吉 —— 著

U0661821

Wuhan University Press
武汉大学出版社

独白：

可能我们都心知肚明

我们不是彼此的终点

我也犹豫着

但不知道

我的心不知怎么了

它不肯听我使唤

目录 *Contents*

第一辑 / 1
About love

我画下一张通往你的地图
然后发现那是一份庞大的感情

第二辑 / 47
About dream

如果你一直一直本分而努力
总有一天你会被人找到
但是很多人等待不了那么久的时间

第三辑／91
About life

有些事改变不了
就在旋涡之中站稳脚跟
在淤泥之中洁身自好
好好对待自己力所能及的事
生命不容易也不简单

第四辑／157
About memory

一支新画笔画下的却都是旧时记忆
每一笔都画在心上
是刀刀入骨的隽永颜色

第一辑

About love

遇见你以后
我才发现自己是个贪心的人

我就是一个精密的生活编剧
我把每一颦一笑每一字一句都杜撰得精巧细致
却始终等不来一个谁跟我一起出演

我们

也许在别人眼里 我们「是」什么

但只有 我们 知道

我和你

我们

什么也不是

爱和被爱

到底是选择爱我的还是我爱的，这估计是个千古命题。我想每个人都会有自己最合适的选项，我不得而知。我所知道的是，如果我爱的人刚刚好也很爱我，那就是一件极其幸福的事。

在爱情里我们身不由己，有时也显得无病呻吟。但是在我们还有资格有精力谈论爱情的时候，为什么不更用力一点。

你和你

我 知 道 你 和 你

你 们 都 是 好 姑 娘

你们不骄纵不矫情不狡猾

你们有一颗细腻又温柔的心

你们有过人的心智学识和教养

但为什么

你们告诉我为什么

那么美好的你们却总是孤身一人

这世界欠所有好姑娘一个好的解释和馈赠

他和她

当你看着自己心疼的人一步步往深渊悬崖走去却不能伸手将其拉回时，你是什么心情。你是什么心情便能真正明白我是什么心情，恨自己没有三头六臂，或是能扭转乾坤，再不便是能知晓一星半点的命数。可我只不过是一个平凡的人，殚精竭虑地心疼着一个并不领情的人。这样的无力无助竟然叫人痛不欲生到彻夜难眠辗转不安，你能告诉我每当这个时候你是怎么办的吗？

好与最好

你曾给过我一片宁静的海，以此为交换。我把我亲手叠的仅有的一只小纸船放进那片海，可它毕竟是一只弱不禁风的小纸船。它会遇见海鸥尖锐的喙，会遇见鱼儿的追赶，会遇见海上顷刻倾盆的大雨，这只小纸船于是沉没在大海……

如果我知道你给我的是怎样的海，便不会放上一只脆弱又渺小的纸船，如果你知道我只能给你我亲手叠好的纸船，你便不会给我一片深邃宽广的海。我们之间错了的到底是谁这似乎并不重要，因为它就是这样实实在在地错得一塌糊涂。

有时候我们沮丧且绝望地发现我们并不适合，*我们的不适合不是源于我们不愿意付出，而是我们已经给了对方我们以为的好的*，或是我们能给的最好的，却最终只是为彼此的生活拷上了沉重的脚镣。

一段

有些人曾在不同的时候告诉我她无法离开他

很多人都对持续了一段时间的爱情无法割舍

但是当你在这段爱情里所感知到的大多数时刻并不让人愉悦

那么就算是再多时间也只不过是证明你和他并不合适

你常常觉得自己忘不掉一个人或一段感情

但真正让你忘不掉的到底是因为"他"是"他"

还是　你只是觉得"可惜了"那段时光

还是　你只是觉得除了他也没有谁

在任何时候你都应该清楚

你并不能因为饿了而觉得压缩饼干是世界上最好吃的东西

等你失去了什么之后才会猛然发现

原来你的不珍惜不会被无限期原谅

偏执

我们在结尾处彼此憎恨

大约是因为在相爱的时候我们孤注一掷

又霸道又自私又脆弱又孤单

我们在那过程中轰轰烈烈了

所以最后的最后

我们无法原谅对方

抑或是自己

早晚安

不知道有没有谁跟我一样呢，发完一条信息后会立刻逼迫自己去做些其他的事以分散花费在等待上的注意力。

我所送至的那个人越重要，我越会去做些需要花费久一些时间的事情，然后忙碌一圈之后坐下来，以忐忑的心情看看手机。如果看到有 [一条未读短信]，心情就好像雨后清朗天空之下的太阳光一样。

有时候跟一个人说完一句晚安之后，我会立刻关掉电脑或手机。当第二天早上起床时再打开，假若弹出来一句昨晚剩余下来的 [晚安]，我会觉得那是明朗的 [早安]，我会这样，是不是因为我所在意的人总叫我等得很辛苦呢。

我终究伤害了你

我没有漂亮的外表

在人群里你不会最先看到我

我没有举世无双的好脾气

我不会黏人

我不说甜言蜜语

即使你说给我听　我也只会淡淡地笑

我不会在午夜打电话给你　赖着你陪我聊天

我不喜欢问你你爱我吗

我看起来不配合也很冷漠

可是你为什么就是不懂

我终究放走了你

你把双脚踩在大漠上,我用柔软而且炽热的沙子将你的脚埋进沙漠。你因此无法动弹只好禁锢双脚,可你又不是沙漠上等待一场细雨便又会重生的树。我只能眼睁睁地看着你眼里的神采一点点暗下去。

你只不过是途经了沙漠的大鸟,你是要向远方飞去的。那时候我才明白,我不能因为手上有一把刻刀,就企图在这块优质的木头上刻上我的名字。

如果我的雕刻无法让你成为生动的有灵魂的艺术品,那么我就不应该任性地占有。蛮横的占有式爱情会让我们在彼此眼中失去原本的价值和优美,于是,我终究放走了你……

这是我爱你的方式

我以为

听一首撕裂心肺的情歌

凭借干涸的情绪扯掉缠在心上的复杂知觉

自说自话地劝慰自己

把那些由愤怒变为悲伤由悲伤变为苍凉的心事

缝进最深最黑的梦境

食物吃进肚里身体还是空而无力

眼泪沁进老旧信件的落款

晕开的是曾经我最熟悉而现在最不敢提及的名字

风干之后照轮廓描下来　怎么看

都像是对我们这一段无疾而终的爱情最讽刺的评判

最让我害怕的不是你离开了我

矜持

有时候我们大约爱得太文明了

我们不敢大胆表白心迹

我们不敢大胆走出一步

我们总在害怕　总在忐忑　总在顾忌　总在猜测

所以很久之后我们再说起来

竟然发现那时候的我们彼此深爱

假如说我们能再鲁莽一点

再胆大妄为一点

会不会我们的结局可以不是一个遗憾而又苦涩的微笑

而是我这才知道我比我自己以为的还要离不开你

痴迷

谁没爱上过一两个混蛋呢，当初也是爱得死去活来，痴迷得跟王八蛋似的，最后才知道，那时候付出的感情对他来说根本微不足道。他甚至常常耻笑你为他染上的忧伤表情，你为他流光了眼泪伤透了心，可是那时候那个痴心绝对的自己，却实实在在比现在这畏首畏尾的你要显得更独特，那时候付诸东流的心意却也比现在只会计较得失的情感来得动人。如果你为了一个混蛋失掉了爱的勇气和爱的真诚，那将是他带给你最深切的伤害，你应该因此恨他，多过于你没有得到他的爱情的那个时候。

犯傻

你不应该爱上一个一直在跟你说对不起的人，可是生活中我们却常这样犯

傻，我们爱上的人总在跟我们道歉，我们总在原谅，然后总在争吵。我

们为什么总在爱着一个不断跟我们说对不起的人，

为什么那个在身边好好守着我们的人，我们却总是看不到。

沉默

要杀掉一个爱你的人太容易了

沉默就足够了

要杀掉一个不爱你的人却很难

一个爱你的人他把心放在你手里

你的任何举动都牵动着他

你可以轻易让他哭让他痛让他受煎熬

但是 你 想 过 吗

当你用报复者的心态去报复周遭的时候

伤痕累累的都是那些爱你的人

爱得越深伤得越重

你为什么要千方百计地伤害爱你的那些人

煎熬

你能够在一段爱情里获得快乐自在和温暖平和

固然是这段爱情成败的标尺

可假如这其中没有痛苦过没有煎熬过没有心惊胆战过

甚至　哪怕　不曾　落泪　过

你　又　怎么　能　称　它　是　一段　爱情

有种的话就和我谈一场文绉绉的恋爱

想

很想谈一场简简单单的恋爱

故事里只有　你和我

没有复杂的关系

没有猜测怀疑

我们　就与彼此为伴

度过一段人生中最漫长又最丰盈的日子

恋

一只　残破了翅膀的蝴蝶

找到了　一枚被你细心别在袖口的春天

爱

我所能够写出的爱情

不是黑色

但也不是粉红或纯白

而是一种深沉冷清又灵动清澈的蓝色

爱情在我眼里便是那种蓝色

不热烈也不嚣张　不阴郁也不颓败

是安静又恬适　是灵巧又高尚

是一种叫人既不失去自我

情

爱情或许是阑尾

痛起来的时候你才会感觉到它的存在

或者爱情又是胃

你不好好照看它它就折磨你

不过更多时候我希望爱情是心脏

你希望它一直跳动直到生命尽头

又确实付出全我的一种色彩

等

一 直 一 个 人

有时候也不知道到底为什么总是我一个人

可是又很矛盾地享受一个人的生活

起 码 一 个 人 的 时 候

我只要负担我一个人的喜乐

不知道什么时候才能够等到我生命里的另一个人

就 算 是 一 辈 子 也 没 关 系

因为我不喜欢让我的爱情葬送在得过且过里

苟且偷生

一个人

爱上一个对的人的感觉就好像是喝下一杯温度正合适的水，它不会太冷，以致冻坏你的胃；它也不会太热，以致让你不敢下咽，它用正好的温度缓解着你的口干舌燥也舒缓着你的心。你不是要一个世界上最优秀的人做恋人，你要的，是一个最适合你的人。那种一切都很"刚刚好"的感觉，在我想起来时让人会对着深夜寒冷的窗外静静地笑的。

电影院

我不知道你是什么样子的

我也曾经猜测过你的模样、声音、个性和喜好

在每一个可能的际遇里

我假想自己可以遇见你

也许是在　街角

也许是坐在同一个电影院的放映厅

也许是坐在我的附近低头思索

也许是某一天云吹送着同一方向的风的时候

你也同样会想要遇见我

海角天涯

我一直在思考着

人和人是靠着什么东西彼此接近彼此认识彼此爱慕的

假如是一样可以看得见摸得着的东西

那么我

我是不是可以去寻找它然后凭借它找到你

所以　天涯海角

你在世界的哪个角落等待着我们的相遇

相交

假如　有一天我遇见你

你要理解我内心永远脆弱的一面

不要因为我的愤怒而生气

不要因为我的疏离而沮丧

假如　我告诉了你我喜欢你

那么那句话会持续的时间是

你不喜欢我了为止

希望你能够珍惜我们交集的机会

也谢谢那个未知的你说你很爱我

错过

假如　某一天的某一个时刻

我在过马路也好

下阶梯也好

拎着背包无精打采也好

或是

当我的视线也许左顾右盼

也许专注于某朵飘散开去的云或是晃神神游的时候

会不会

刚好错过了某一　刹那

遇见你的机会

那些我因为你而有的害羞

那些我因为你而变得温柔

那些刻意对你的安之若素

皆是我对你的思念

呢喃

我想起过你的　样子

我想起过你的　声音

我想起过你的　微笑

我想起过你的　言语

我甚至想起过

你穿着什么样的衣服

在什么样的场景下想念着什么

我就是想不起

你走向我的时刻

不语

在我微笑的时候　你是睡着还是醒着

在我歌唱的时候　你是睡着还是醒着

在我哭泣的时候　你是睡着还是醒着

在我愤怒的时候　你是睡着还是醒着

没什么　我只是累了

你为什么总在安静沉默

也许你可以向我伸一伸手

我会乐意领你去看我的草原

我在那里舞蹈的时候　你是睡着还是醒着

逗弄

喜欢你　西装袖口露出的一截白衬衫

喜欢你　挺拔修长的背影

喜欢你　假装漫不经心地说话

喜欢你　被我逗弄时的害羞神色

喜欢你　在我害怕的时候紧紧牵着我

喜欢你　揽着我让我靠在你肩膀

喜欢你　深情又想假装淡定的眼神

喜欢你　皱着眉头却掩藏不住的开心

我所喜欢的你

有别人发现不了的别扭中的别致腼腆和温柔

心悸

很多时候我像现在这样坐在窗边看街道上车辆零星走过，我突然很想知道你在做些什么，我突然会很天真忘我地思虑有关你的每一件事。

我会因为觉得你在跟我一样凝视天空而感到悸动，我会因为觉得你在离我不远处和我拥有相同步速地行走而幸福，我会没来由地嫉妒那些在你生活里肆无忌惮的人。

微笑

我鼓足勇气挤出一个微笑

你看也不看扭头离开

但我并未因此而失去微笑的能力

因为我明白爱情是一件不被勉强的事情

眼色

我尝试在云朵的深处找到星芒的投影

我尝试以树叶为凭证找寻岁月颓败的过程

我尝试在泡沫碎裂的同时拥抱它落下的残骸

我尝试看穿这世界上所有的眼色

我所做的这些尝试是为了让我自己成为一个敏锐且骄傲的人

因为我想不明白为什么只要是在你面前

我就没来由地谦卑

B面

你所不熟悉的我的另一面

是暴躁且轻狂

是柔和且忍耐

是沉郁且忧伤

是明媚且欢快

是懦弱且谦卑

是妄为且勇敢

你选择看到什么样的我

我在你眼里便是什么样的人

但实际上我就是这样

不特别也不大众

我只希望

这爱我的你是用心的

这爱你的我是用力的

言辞

请你不要费尽心思对我说谎，我不是害怕你所说的不是真相，

我只是更害怕我看见你用泰然自若的模样对付我锋利而怀疑的追问；

我只是更害怕看见你说谎时那曾经让我着迷的聪慧和伶俐的口齿；

我只是更害怕发现我自己开始质疑你所有的言辞；

我只是更害怕发现我自己开始质疑你所有的言辞，

却还是那么死心塌地地爱你。

体温

你在我的杯子里投下一枚毒药，我不得而知。我舍不得吞下，因为那里面，我告诉我自己，有你残留下的体温。你在我的杯子里投下一枚毒药，我舍不得吞下，因为那里面，我告诉我自己，有你残留下的味道。直到有一天，我突然想念你的体温和味道，于是舔下一口，然后，我终于走出了你曾经许诺过我的好梦。

取暖

我们在寂寞的沙丘里相互依偎彼此取暖

共同抵抗来自大漠深处刺骨的寒风

春 天 来 了

你 说 你 要 走 了

我拔下一棵在整个冬天我细心呵护的小草

将它送给你

请 你 记 得

曾 经 有 一 个 我

即 便 你 从 没 爱 过

华尔兹

我最舒服的时候是我最像自己的时候，我最难过的时候是我最像自己时你
却不喜欢的时候，我们到底要为一个人做出多大的改变。

我也曾大言不惭地说如果我爱的那个人要我像他喜欢的那样生长，那我就
离开他。可有的时候当你开始这段爱情，你的主宰便不再由你。

爱情里的主动权在谁的手上谁就会比较难受伤，是不是这样，还是好像一
曲华尔兹。我们紧紧依偎，时进时退，翩然旋转，直到最后我们都看不清
彼此的脸庞。

我很快就发现
那些会置我于死地的情感
是你的漫不经心
与我的死心塌地

诺言

你为什么要给我许诺呢，我其实并不需要你的山盟海誓。我就是想，我们就一直像这样彼此爱护彼此珍惜彼此扶持彼此欣赏彼此关怀。

我们 一步一步 地走，一天一天 地过，很久很久以后，我们猛然发现，我们已经相伴了彼此无数个白天黑夜，那样想起来，比起你提前预支给我的关于幸福的许诺对我来说要来得更心满意足。

色彩

我时常能从你的眼睛里看到一些温柔的色彩，

当我跟你讲话的时候，当我听你说故事的时候，

当我看你笑的时候，当我陪你笑的时候，

当我见你迎面走来的时候，当我迎面走向你的时候，

我时常能从你的言语里听见一些温柔的色彩，

当我给你打电话的时候，当我接到你打来的电话的时候，

当我静静坐着而你在我身边的时候，当我默默走着而你在我身后的时候，

我时常能感知到你温柔的色彩，因为它们竟然全部浸透在我的世界里，

后来我看到你画的那幅画，于是我想，那便是你之于我的，世界上最独一

无二的一片温柔的色彩。

张小娴说，想把一个男人留在身边，就要让他知道你随时可以离开他，但那仅限于，双方都对彼此意犹未尽的时候。

炽热

为什么年轻时代的爱情会那么让人难忘

因为它炽热得像一苗火焰

足以温热我们余下的人生

奋不顾身　不求回报

一心一意　单纯直接

这些标签

在日后被时光洗练过的爱情里全都被揭掉了

也许很久很久以后

你看到一张照片 一段文字或者一个貌似熟悉的背影

你才会想起

那也曾经热烈过的青春

伞

下着雨的天气总是觉得人也无精打采，我们肩并肩走着各自打着伞。伞沿碰撞了一下，我们便离开一点，然后走着走着又向对方靠拢了去。水滴沿着伞面的弧度滑落下来，我看见它们淋湿了你的肩膀。

我没有说话，就看着它们一点一点把你浅色的衣服染成了深，于是就想，我若能像它们在你心上留下些深深浅浅的脚印，哪怕太阳出来的时候又被晒干，我也觉得心满意足。愿望永远是从最小的开始的。

然后你口袋里的手机响了，你接起来，低声应答着什么，于是你逐渐走到离我很远的地方把伞低低地遮下来。那时候我觉得我们的关系很脆弱，一把伞，就把我逐出了你的世界，或许也不是伞。

我看不清你的表情又一面试图去猜想，一面一人独自向前走去，我以为你会看看我的背影，继而发现你只低头看着自己的脚尖，手里的电话还是没有挂断。

我就这样一个人走着，猛然回头，你在离我很远的地方，伞遮挡了你的脸，而我也不知道是怎么的，就莫名其妙地走出了本来有你相伴的世界。

第二辑

About dream

你会认识我的
如果你足够认真

上帝会在你哭泣的时候送你一支棉花糖
而不是在你对着云朵流口水的时候

柔软

我 期 待 自 己 变 成 一 个 容 易 动 容 的 人

容易被一首情歌打动

容易被一张照片打动

容易被一轮明月打动

容易被一抹微笑打动

我 情 愿 因 此 成 为 一 个 容 易 哭 泣 的 人

比起面无表情地冷眼观看周遭

容易哭泣动怒和大笑听上去更像是难得的优点

让自己变成一个柔软的人

哪怕那些你为之动容的事物一次次辜负你

漂流

我应该叫你知道，那个你让我既着迷又慌张，既敬仰又同时憎恶的嚣张狂妄的自负，还有你举世无双的才华。我沉迷于你跟我倾谈过的梦想和渴望，但又恐惧它们的大和远。你总像一个无畏无惧的战士，但你又总说你是等待被救赎的野兽。

你说一个人本来也不需要多么坚强，人本应该是柔软敏感的，不然也不会以啼哭开启生命。你等待过一场怎样的救援，却像是在漂流瓶里等过一个又一个五百年的魔鬼。你的刺是盔甲上的婆娑泪眼和痛彻心扉。这就是我所敬慕过的你的勇敢，这就是我突然觉得昂贵又尖锐的勇敢。

成长

我们最终长大了

去固定的餐厅知道哪道菜最合胃口

有了自己最钟情的作家和音乐

了解在哪些时刻会选择独处而不是倾诉

我们一砖一瓦一丝不苟地搭建好我们的小世界

将它建成一座城堡

坚不可摧的那一种

可很久以后我们才明白

这坚固的墙在保护和捍卫了自己的同时

也关闭了你

你再也走不出去

也许你尝试走出去

可他们都不愿走出来

疼痛

成长的过程是疼痛的，当你面临质疑和嘲讽，

当你不断地被挫伤，当你开始怀疑自己，

当你逐渐丧失信念，当你站起来又被击垮在地，

这整个过程你跟环境跟他人跟自我做着殊死抵抗。

你疼痛地长大了，但我认为这并不是长大这件事最痛的部分，

最痛的是，当那个已然成熟而足智多谋心有城府的你猛然回看，

看到起点处那个相信天真心灵纯净的你自己，

你突然就被内心深处一种说不出的酸楚撕扯得辗转难眠，

成长，似乎总不是心甘情愿。

你不自觉地就被这世界拉扯成了另一个形状。

问问原地的你自己，*他还好吗*？

理想和现实碰撞

梦想跟随心

怎样

人生当中有很多事其实我们不做真的也不会怎么样，好比时下流行的一首歌，你不去听，其实也不会怎么样，可能顶多就是你在那段时间里缺少和别人的共同语言。但是如果你听了，你兴许会发掘出一位歌手的美好，你兴许会了解到另一人的故事，你兴许会在和他人交换想法的时候结识到知己，就是这样……

有些事你不去做其实也不会怎么样，但是如果你做了，还真有一些侥幸会让你获得一些生活中难能可贵的收获。而人这一生如此短暂，如果一直放过生活给你偷偷放置的惊喜，那你又为什么要去抱怨生活于你是如此平淡无奇，趁着我们还都年轻还都有头脑和力气，就多做一些良性的尝试……

有些事情是可能徒劳无功，就像人生里很多事情那样，但是年轻的资本就是，你有很多机会去浪费然后狠狠疯狂，多栽种一盆花，多拍摄一张照，多傻笑一秒钟，多善待一个人……

你也知道，人生教会我们的 从来不是那些我们已经得到的，而是我们怎么得到的。

班花

你把这条路从白天走到黑

对着海浪吞咽在喉管的狼狈

你把过往心酸藏进无人居住的高塔

直到所有青春往事像尘埃一样声音嘶哑

你跟我说　什么青春梦想

就像中学时代隔壁班花的笑脸　单纯清澈

却只会绽放在别人怀里

我说少年啊

青春梦想确实很像中学时代隔壁班的班花

你不放手认真追一次

又怎么可以要求她非你不嫁

磁带

那些曾经困倦过的哽咽过的青春，都在那里，只是我们互不提及。

每一次重走回忆，都跳开这一不愿重述的段落。好像一盘磁带，

每次转到这里就绞得一团糟，用铅笔一圈一圈卷好，

换成 B 面，安然无恙地继续播放。

我们早就了然这是一盘每回只能播放这么多的磁带，

早就习惯每回播放到特定时间的绞带，

也早就学会娴熟地整理团成一团的磁带，可是我们自己都没有察觉。

每一回磁带转到那儿了，我们都还抱着些侥幸，

我们自己不敢提起，却希望它还是安好地卡在原地并且是永垂不朽的。

CD

你会不会也这样，有一些歌早就过时了，如果你再在人多的地方放出来很认真地听，会被别人嘲笑你有多老土。

你自己也不知不觉开始厌弃那些歌和那位歌手，后来你听起了不同风格的歌，你爱上了不同风格的歌手，你为他们尖叫，你去听他们的演唱会，你渴望得到他们的签名。

但是，很久以后当你因为某个机会又一次听到很久以前那首过了时的老歌时，竟然会发现，你的单曲循环里没有任何一首能替代它的位置。

梦想适合在任何时候结束　但绝不是在开始之前

它好像早已不再是一首歌，它承载了你太多的日子和其中丝丝入扣的故事。你时常哼着哼着就想起某一个人。他曾经也在你耳边细细地哼唱，去翻找看看，当年他送你的那张 *CD* 你还留着。

人生里总有些东西，你觉得它早就不合 **时宜** 了，但是想起来却发现它竟然无可取代，无论在那其中你是快乐的还是悲伤的，它竟然只 **专属** 于你，赶不走也逃不掉。就好好地品尝那时光中间夹杂着的故事 **片段** 吧，你知道青春 **年少** 总是短暂美好得无可救药。

木吉他

你 抹 去 浓 重 华 丽 的 背 景

布 置 一 道 纯 白 干 燥 的 墙

剥 落 身 上 繁 复 虚 伪 的 油 彩

只 背 上 一 把 旧 木 吉 他

唱 一 首 直 白 安 静 的 歌

我闭合眼前这个虚无张狂的世界

你铺张开的 旋律 构筑出一座王国

我让自己循着你的 声音 找到一个平行世界

不必多做思考 只放逐自己跟你安然地去

你印在我心口的剪影棱角鲜明 轮廓昏晕

我 一 直 相 信 我 总 还 是 我

一 如 你 怎 样 都 是 你

只是这世界给我们装点了太多颜色

唯有那些仅有的时刻　给我足够的充裕

得以走进那个简单炽热的你

那个画面多少年以后我依然记得

所以无论日后生活摆下多少道通关谜题

在层层演算机关算尽的背后

那最里层的还是我们最初彼此相遇时

那样温热强烈深厚煽情

请你一定要和我一样固执而且死心眼儿地坚信

面具

还是会在绝望时候选择后退，还是会在孤单时候躲进棉被，

当烈风把感情丰沛抽干揉碎，突然间反省我们之间是哪里不对，

戴上了面具我就认不出你吗，穿上了铠甲我就不再是我吗？

还是我们只在自欺却欺不了人，伤口撕裂似一朵娇艳残忍的花。

转身逃跑就可以不再爱了吗，销毁记忆就可以不再想了吗？

还是我们只在自欺却欺不了人，多年后相见，要用什么语气说，你好吗？

票根

我从不丢弃电影票根或是飞机票根高铁票根甚至是草稿纸也很少随便丢掉，我连中高考前用的草稿本都仔细收着，还有那时候在草稿纸边缘写下的愿望。上了大学也还是一样，复习资料和为了背诵默写的一本本草稿我都不曾扔掉，为了练习托福听力记下的听力笔记的纸张也都好好放着。

这么做是因为我想留下一些我在"困难"时的印证，那样以后若是遇到什么过不去的坎儿，看看自己曾经的勇气和毅力，看看自己曾经为了未来做过的努力，看看自己曾经的心愿和为之付出过的热忱，也就不会对眼前的困顿感到绝望，因为它也将像所有我征服过的困难一样，成为当下一个困难来临时庇护我的堡垒。

困难有很多种，但人在困难面前的心境却几乎没有差别，如果曾经的你做得到，那么现在的你凭什么不能。

倔强

很多梦想都是在我们最莽撞的时候实现的，那时候我们会误以为自己是世界上最不可击败的强者，那时候我们过分估计自己的头脑和才华，那时候我们乐观地评价社会实况，那时候我们有不撞南墙不回头的倔强，也是那时候我们就跌跌撞撞地走出了一条路，有时候回首发现自己竟然误打误撞地走进了后来不敢预期的世界。

勇敢

我遇见过一些很有梦想的人

他们总是比我想象中坚定而且勇敢

我由衷地羡慕他们那颗永远不会疲惫的心

突然有一天听到另一些人对我说

真的很羡慕你　那么有理想

我　愣　住　了

然　后　又　笑　了

梦　想　会　传　染

决　心　也　一　样

主动

我讨厌别人要求我按照他的方式做任何事，心中有些奇怪的想法。假如这件事是按照我的步伐去完成的，那么只有我有挑剔和不满它的优先权，而当我被迫依照别人的指令行动，那将使我感觉自己只是机器而缺乏感知，并且丧失对这件事情彻头彻尾的话语权，那比失败更让我有明显的排斥和沮丧的反应。

笃定

梦想最有价值的部分不是它的结果

而是你一点点耕耘播种培育的这个过程

你不能着急也不能懈怠

你必须全神贯注却又要心平气和

也许很久以后你发现你当初想做成的那件事本身根本无足轻重

可是那又有什么关系呢

它让你变得勇敢坚定

同时也让你发现

不放弃地做一件自己心里渴望的事是一件多么美好的事

拽劲儿

桀骜不驯

是懒惰者精巧别致又有内涵的借口

做不到服从世界规则的人都在试图用一副"我很特别"的拽劲儿傲视群雄

有时候那种蔑视来源于和世界脱轨的恐惧

因为当恐惧被放到一个更高的姿态时

才有力量支撑他继续在所谓"特立独行"的包装和借口之下

懒惰到世界尽头

虔诚

这世界上也没有人能够陪伴你度过任何事

很多时刻

你必须自己虔诚以对

你知道那很难也很辛苦

但熬过来了便又是一种体会

我觉得我就是一个喜欢找苦来吃　找难受来尝试的人

我很害怕过平淡规律的生活

那会让我慢慢丧失对自我的感知

有时候你完成一件事意义倒不见得是事情本身

而是它会时不时提醒你

你在安乐里迷失了多久多远

自信

我该感谢我有时膨胀到无以复加的自信

它让我不知不觉就渡过了很多难关　做成了很多难事

强大的自尊心是一把保护伞

即便你常被它所累所困

但它总是让你不做出毁掉你人生的傻事蠢事坏事

你就那样一往无前破釜沉舟地远行

不 知 不 觉 你 就 到 了

我要买一副上好的拐杖

日后也许能拄着它支撑着我残破的梦想

走下去

种种

我问自己*得到了*什么又失去了什么

在这些得到和*失去的*种种之中

常会让我莫名不自知地就流泪的又是什么

那些得到了的不断地失去

那些失去的又不断换来新的所得

而这些周而复始地交换竟然常常使我觉得憔悴无力

这世间很难求得永恒

唯一永恒的是"流逝"

初心

到什么时候才可以

不要到最后才恍然大悟地发现

最初的东西是最好的东西

唯一该庆幸的是

这一次最初的那样东西没有挪动

随时可以捡拾起来

拍拍尘土

跟它说抱歉

这些年亏待它了

对不起

流浪

偶尔放任自己远行流浪

只要你思想坚固

总会找到回来的路

路途遥远时一定要为自己系上绳索

必要时你随时能够回得来

未命名

把每个"瞬间"平淡对待

宽容地面对心里不合时宜的小想法

为什么要用定义捆绑住每个个体

为什么总想给每样事物明确地摆放好位置

这世上也有很多东西没有名字

不染

这世界上有无数数不清的事讲不清道理

我却总试图在这其中做个例外

很多事好像高难度的数学题

最难的不是证不出而是这居然也需要证明

胡搅蛮缠的人太多了

却始终没能做到见怪不怪

在人际关系上我有种病态的洁癖

分明知道这世界上不会所有人都对你满意和赏识

处在纷争之中却想要出淤泥而不染

有待修炼

欢喜

今天有两个人跟我说

做自己喜欢的事情就不会觉得辛苦

我仿佛受到巨大的鼓舞和振奋

我喜欢看到周遭的人勤劳又熟练地做着一件他们喜欢的事情

那时候他们周身有一种难以言表的光芒

深深被它吸引被它召唤

人能一直一直做着自己喜欢的事情

是一件多幸运的事情

能够找到自己喜欢的是什么的人

是开始走向幸福的人

天真

可能人年轻的时候都会不相信所谓的经验

质疑老师　家长　前辈

可是后来我们居然发现

我们在规则中根本就不是特例

我们以为我们可以是打破成规的那一个

可结果却发现

当初的我们真的太年轻太天真了

夙愿

从小到大我都希望自己能够做到下面这些事

不做一个肤浅浮躁的人　不做一个矫情枯燥的人

不做一个虚伪张狂的人　不做一个朝三暮四的人

不做一个疏忽理想的人　不做一个缺乏头脑的人

我知道　这个世界容纳不下一个理想化的我

但我希望这世界上的这个我还有一面是始终纯真简单通透的

一个成年人在儿童节这一天不是用来把自己伪装成孩子的

而是该想想小时候的你的愿望　你现在完成了多少

位置

成功带给人的虚荣浮躁所涵盖的伤害中，最大的，不是盲目的自信和过度的乐观，而是它让你看不见你自己的存在。你对自己丧失了感知，你找不到自己的位置，你的负累大于快乐，你因此无法前行，而停滞所带来的惶恐和焦虑灼烧你的内心。

说句老土的话，你应该时刻对自己有所把握，这种把握是建立在你充分观察过自己以及这个世界。你不让自己被埋没也不放逐自己肆意漂泊，你将自己植根于这个世界，依照内心生长，脱离干扰和本不属于你的累赘，不让自己被自己困住。

曾经

有时候我们回头看曾经的自己

会忍不住嘲笑自己的幼稚　鲁莽　天真和冲动

可尽管我们觉得那时候的自己比起现在的自己单薄微小太多

我们依旧是一步一挨地走到了这里

变成今天这个睿智　沉着　淡定　成熟的人

如果没有当初我们的幼稚和天真

我们会失去很多犯错的经验

如果没有当初我们的鲁莽和冲动

我们会失去很多尝试的可能

你不必看不起那时候的你

因为没有那时候的你也便没有现在的你

但你也不需羡慕那时候的你

因为成长的价值就是

要你在修炼自己的每一面之后发现

你每一面都美

恩宠

这个世界上有很多人可能会是你的恩人或是贵人，他们在你最需要的时候伸出援手拉了你一把。他们发掘出你身上的价值让你有机会变得不一样。同时，你也有可能成为别人的恩人和贵人，但你一定要记住的是，尽管你有恩于人，也不能把当初的奉献转化为凌驾于他人之上的借口。

你不能因为对他人有过贡献就企图插手他的人生，更不能因此就觉得自己具备了对他所有事情的发言权和决定权。

同样的，你作为一个受过他人恩惠的人，你也要记得，你报恩的最好方式并不是对他人言听计从，不是任由他人对你的人生指手画脚，你反倒应该活出你自己的样子，让那个曾经帮助过你的人看到，他的付出是锦上添花的，这才是报恩与施恩适合的关系。

隽永

我期待

你是从我最浅薄的一面开始了解我

这样兴许我还可以盼望着你会看到一口井

底下是一汪清澈而隽永的水

我期待

也许哪一天

你会认同我这自以为是的深刻

岛屿

带我去你的　岛屿

闻闻那里的　海风

轻吻那里的　草地

仰望繁星的　光彩

为朝阳和落日写诗

在你的藏匿之处我更看见一个真切的你

那个时候我会把被你吸引的气氛定义为爱情

我会照看好你遗落在海边的小鱼

我会为你种下的一棵小树浇水

我会要你唱一首歌给我听

我会希望你伴着海风在我耳边轻轻说话

这一切我希望它发生在你的岛屿　你带我去的

软肋

有些事情本来不该你知道的

可你却想方设法地让自己钻进其中

一场地毯式搜索之后事情原委尽收眼底

可当你从侦获成功的喜悦中冷静下来时却猛然发现

那其中的每一丝一毫都深深插入你的软肋

竟 然 让 你 痛 不 欲 生

有时候有些事能够将自己置身事外也是一种恩赐

角度

一个人可贵的是，能不能在适合的角度正确地看待自己。你不能妄自尊大，过分估计世界赋予你的才华；你也不能妄自菲薄，过分小看你自己身上的能量。最可贵的是，认识到你自己身上的力量所在，又承认你自己身上的薄弱环节。当你学会平视自己，便会开始承认，你自己是这个世界上独一无二的那个宝贝。

在你颓废得昏天黑地的时候

也会有人对着窗口晒进来的阳光弹一把琵琶

知觉

知觉，是一样恼人的东西。它如果粗糙迟钝，那等同于将你置身在世界之外，无法感知也无法参与，久而久之便成了寂寞的边缘人。可它如果敏锐灵巧，你确实可以触及一切细腻微妙的所在。可同时你也很容易被这敏锐弄伤，实际上这世界上有很多的事情都跟你无关，可是你却在它所描述的范围之内，只去收集那些你可以改变的和企图伤害你的。那样你便可以改变你所能改变的，防御所要伤害你的，至于那些这两者之外的，适时地收敛一点好奇心，以免被外界张牙舞爪却无法还击的东西扰乱了你的信念和平稳。

枝桠

和 勇 气 做 隔 空 对 话
快 乐 被 惆 怅 压 坏 了 枝 桠
失 败 是 生 活 的 一 杯 烈 酒
闻 起 来 浓 喝 下 去 辣

喂养

我突然在想

如果有一天我不喜欢传媒不喜欢电视不喜欢出人头地了

我就去当裁缝

做各种各样我自己喜欢的衣服

用自己的双手勤劳地喂养我自己

隐匿

我时常隐藏我对负情绪的触角，我假装自己可以刀枪不入。我假装自己可以一笑而过，我假装自己可以没心没肺，我假装自己可以大大咧咧。我尽量不让任何人发现我流下的眼泪是什么颜色，我尽量不让任何人发现我被刺伤的伤口有多疼痛，我尽量不让任何人发现我其实很脆弱且单薄。

而我这么做的原因是，我以为你会认为我是个快乐而不计较的人，我以为你会因为我的不逼迫而更好过，我以为你会发现我的伪装之下一颗需要你好好善待的心。可是我发现我错了，我这么做的结果是，你怎样伤人的话都可以轻易对我说出口。

我从小学开始总是不断地尝试自己写小说，儿童文学的、青春校园的、肥皂爱情的、悬疑科幻的、诙谐搞笑的，不过没有一本成功写出来，原因可以从我那一堆只写了两三页就被遗弃的日记本里寻找一二，还有后来发现模仿得过了头是违法的就放弃了临摹式的小说创作。初中的时候突然想为我妈写一本采访回忆录，开了个头后觉得采访很麻烦就搁置了；高考完之后突然觉得有看破世间沧桑的感慨，于是想写自己的自传，后来由于高考完的假期长得足够安排好几趟旅行就放掉了这个念头。

我今天突然想起这些觉得自己有时候像个疯子，不过也发觉这世间有很多无害的尝试可以让你无限制地尝试，你可以尽情地去试试，大不了不合适就撤退，又不是所有人的每一步都必须得确认准确无误飞黄腾达才可以迈出去。

第三辑

About life

人生教会我们的
从来不是那些我们已经得到的

人生没有彩排
但也不代表你可以把事情搞得稀巴烂然后草草交差
让别人为你的不负责任和轻率潦草买单

仓皇

我们在彼此的记忆里仓皇地叙旧

有时候怕聊得太深触碰到某些敏感的神经线

仿佛在我们周围有很多埋伏已久的射线

我们看不见却真切地不能触碰不能跨越

想来也很惆怅　每次窗外凉风吹过

就想起很久以前　你在这场景下拉着我一起奔跑

跑过无数华灯初上的大街　跑过无数明暗不定的小巷

就一直跑　把所有景象丢在身后

而最终　我们却只在彼此的记忆里仓皇地叙旧

只 聊 聊 人 生 ， 不 敢 赘 述 太 多

喜怒

你 知 道 吗

如果你的喜怒哀乐全是专属于你一个人的

这其实是一件极其幸福的事

因为 你的身上不曾背负着他人的情绪和使命

没有人要求你该承担怎样的责任去满足他人

你该为能拥有这样的人生感到满足

因为 你只需要一心一意心无旁骛地过好自己的人生

你不必思虑除此之外的任何闲杂事情

那真是天底下最容易也最幸福的一种人生

旋涡

有些事改变不了

就在旋涡之中站稳脚跟

在淤泥之中洁身自好

好好对待自己力所能及的事

生命不容易也不简单

因此不要浪费时间在那些让自己不快乐的事情上

做个快乐而阳光的人吧

和愁眉苦脸永别吧

脉络

叶子会替你记下很多你记不得的事情

你看它脉络清晰

却从不骄傲地硬逼着你去看

大自然有很多智慧和道理

水是灵性和生命的张力

而花木则蕴藏谦和的时光

记忆

看见壮美的景致和优美的事物

手里的笔就写不动了

美好的东西总是很难留住

因为它在面前铺陈开来的时候

你竟然只顾着在原地哑口无言地欣赏

所以记录下来的仅是一些痛彻心扉的时刻

回顾的时候还会恍惚以为自己并不曾快乐欣悦过

记录并不一定真实　记忆也常撒谎

哭

对着窗外的风景放声大哭

让玻璃窗的密闭和远处隐约的车水马龙作掩护

放肆又任性地把厚重又闭塞的负情绪丢出身体

还好

能哭得出来就还不是最糟的

时光

近来也不知怎么的常常说到小时候的事儿

说着说着人就惆怅起来

很想痛哭着祈求时光　求它别急着把我扔给前路

那些路没有光　我怎么也看不清楚

旅行

旅行的意义并不在于目的地是哪里，是你在出发的一刻就带在行囊里的愉悦心情，以及你预备好要丢给某个未知风景的全部坏心情。

而一趟最棒的旅行是，当你回到始发地时，那里的人和事，你已看得清轻重缓急，你已经把不重要的部分丢掉，然后你重新开始，对往日的烦恼云淡风轻，神清气爽地继续向前走去。

于我而言，行并不是去哪里，是我在行走中看清了自己和我所在的整个环境，你可以找一个地方逃避现状，也可以对着陌生的夜风泪流满面，但你终究会回来，而当你回来，你已然是脱胎换骨的新生命。

依赖

过分依赖也是一种病症，尤其是当对方并不把你放在眼里的时候，当你的眼里只有他，而你却只是他世界里很小的一部分时，那种痛，就好像在夏日的正午赤裸着膝盖跪在滚烫的水泥地上，一直炙烤到心里去，那种痛并不仅限于当下，它会煎熬着你彻夜难眠。

很多时候我知道我不能这样把任何人当一回事，其实我知道在他们眼里的我根本只是微不足道的小角色。这样明确了之后就克制自己不去过分倾注感情或是分享情绪，渐渐地把自己隔绝于任何人之外，甚至也开始讨厌和别人做任何形式的倾诉。

他人过分了解内心这种事逐渐被我列入禁忌，开始警惕地跟人群相处，时刻保持距离和警觉，甚至连他人伸过来要搂我的手都会被我下意识地闪躲开去。我在想我会这样，大概也是因为，曾经被十足信赖与依赖的人狠狠地抛弃过吧。

标签

什么是善良什么是邪恶，什么是危险什么是安全；

什么是秘密什么是真相，什么是仇敌什么是朋友。

这些，在这个世界上没有被一条明确的线分隔开来，也不曾给予它们标签，必须承认并不是你与人为善他人也总会同等待你。

你永远不能规定你理应从这世界获得的那部分是些什么，假如有人全心全意掏心掏肺地珍视你，你应该感激并且报答，因为那本不是你理所应得。

所有能够用"重新启动"解决的麻烦 都不算太

印记

想在这世界上留下属于我的印记，

怕落入洪荒，因此竭尽全力铆足力气抓住一根稻草。

若是不能，那就让我的头发沾上春天清早清凉的露水，

拾捡一片秋天里最娇艳的红叶或是在瞳孔里印下冬天雪花的形状，

最不济，也让我吸饱满腔的夏天躁动又灵巧的晚风，以此证明我

曾到这世界来过。

所有能够用"重新启动"解决的麻烦 都不算大

风暴

常在一个人逛街的时候遇到这样的场景

当一个女人站在琳琅满目的货架前

把一件衣服取下来举在眼前凝望

我猜想她脑海里可能是——

衣柜里有没有这种样子的衣服？

有没有可以搭配的衣服和配件？

还要买什么其他的配吗？

什么发型配起来会比较好？

穿起来会不会黑会不会胖会不会矮？

价钱合理吗？……然后她又默默地放下了

谁说女人的思维简单

她从凝望到放下的整个过程

脑海里其实经历了一场你无法想象的风暴

兵荒马乱

原谅这世界的虚假

原谅没有注解的谎话

原谅明明心动了却否认的倔强

原谅疼痛时候咬紧的牙关而不是叫喊

原谅这风雨人生所有的兵荒马乱

偶像剧

只有看到肥皂偶像剧而且是少女漫画型到不切实际的那种

才会发现自己还有一颗小女生的心

才会发现原来心花怒放的本能还完好无损

虽然知道那些故事不会在我身上发生

却因为看见了这么美好的故事而感到幸福

一个有过多禁忌的人其实是极度不好相处的

除非他能找到跟他在形式上在程度上在数量上有

完全相同禁忌的人

品味

我每每在想　既然食物反正是要吃的

摆成好看的样子好像也不过是画蛇添足的事情

但真的那样用心做了才知道

那也是一种心情

就算摆弄和品尝它的人都只是你自己而已

也是一件有趣且不容忽视的事情

所以说

生活的品味和质量都在于

你是否情愿花费时间做看似徒劳的心情经营

陌生人

在很多时候我们都会倾向求助于我们熟悉的人而并非陌生人

因为我们觉得他们更可信赖

可事实上真的是这样吗

也许陌生人和我们之间建立的相互怀疑反倒是一种安全的制衡状态

而我们所熟知的人却反倒因为更了解我们的弱点和软肋

而将我们置于险境

微弱

现在的烦恼日后回想都只是小菜一碟

我的烦恼别人看来都只是微不足道

可 是 你 说

谁又凭什么蔑视谁的烦恼

缠绵

是爱情分裂我们的人格

我们可以炽热可以冰冷

可以残忍可以缠绵

我们对一个人说情话

乐意为他燃尽自己

我们对另一些人视而不见

言语淡漠

我们还是我们

却又温柔又残忍

年少

我坐在公车靠窗的位子，不知怎么突然想起年少时的我。那时候我的确是很狂妄，我厌恶一切阿谀奉承，我讨厌所谓"大人"那一套。我以为自己的力量足够大，我觉得凭借我自己就足够充裕。我认为"你看不看得起我都无所谓，我自己很快乐就好"。

我自以为是地很骄傲，我看不起溜须拍马的举动，我不喜欢所谓的"关系"，现在的我慢慢开始发现我这骄傲的道理被现实世界排挤。但是我却欣赏和羡慕那时候我的年少轻狂，那样的狂妄和自负，让我做了很多我现在想也不敢想的事。

那时候的我很鲁莽很清高，但那时候的我却从未有过的勇敢，我多希望无论过了多久，无论我经历了什么事情，都始终是盲目乐观和自信的，不会畏缩这世界加附于我的懦弱。

我是我

你说如果手上有一颗 太阳，寒冷时候捂在胸口，便会温暖整颗心脏，我想要进入你脑海，变成你的想象，成为你的太阳。

我是我，一颗一往无前燃烧的太阳，陪你熬过无数 孤独 的夜晚，不分昼夜成全你任何梦想。

我是我，一颗不知疲惫 灿烂 的太阳，陪伴你被泪水沁湿的夜晚，为你穷尽我整个生命的光。

可地球也不是只有天光没有 黑暗，你也会逐渐变得伟大和坚强，于是最后我也只是我，一颗微小孤单容易破碎的太阳。

慈悲

我希望　我　目之所及　都是慈悲的

我希望　我　心之所向　都是坦诚的

我希望　我　情之所钟　都是善良的

我希望　我　兴之所至　都是长远的

我其实也有很恢弘的理想

我也关注世界和周遭

我也会为不公正的存在而声讨

我也会分辨看似美好中的糟粕

这是我们共同拥有的社会

所以我对于它也有自己的想法

它不因我是年轻的而没有存在的价值和意义

所以不要一再担忧和教导我们这一代人看待人情世故的方式

我始终有自信的是

我们中的大多数都还是心怀天下也志在四方的

每个时代都有自己的性格

是性格而不是端正与否

因此请善意地接受我们天马行空的说话

我承认现在这个社会确实不断在发生着令人失望和担忧的事情

但那不代表我们自己就不知道自己的路该怎么走

东西

真正捆绑住你的
从来不是那些白纸黑字的规定
而是那些没有说出来的东西
例如尊严 面子 道德

蜥蜴

我有时很痛恨我这理智

它让我隔绝在很多东西之外

但离了它

我便是一只没了*保护色*的蜥蜴

如何是好

有时候

邪恶是为了保护自己

善良是为了保护他人

棱角

今天意外地收到一位许久没有联络过的老友发来的微信，我不知道其他人在和老朋友联络的时候最害怕的是什么，于我来说，我最害怕的部分是，当我在交谈的过程中猛然发现他们从前饱满的志气被磨光了的时刻。

她曾经是我中学时的同桌，我们同桌过一个学年，不算是我最长久的同桌，但却是影响我最深的一位。她有着爽朗的笑声，梳头发的时候不喜欢用梳子也不喜欢照镜子，把头向后仰再轻轻一挽。

她说她喜欢任何简洁又快速的事，她跟我说最不喜欢女孩儿之间黏糊糊的亲昵，她不喜欢"团结友爱""其乐融融"的氛围。她常跟我说那种气氛好像无形中要逼迫她变得很热络，而她恰恰又不是一个随意热络的人。晚自习的时候她会分一只耳机给我，里面放着的是JAZZ或是一些黑人音乐。她有时候会跟着悠悠的节奏轻轻摇摆或点着头，比起那时候只会听你情我爱的甜蜜情歌的我来说，那是一个全新的世界。

她改变了我的世界观，虽然不是全部，但起码足够让我成为一个不那么"小女生"的人，我后来也习惯性地不喜欢安慰正在哭泣的人，我有点惧怕谁来向我絮絮叨叨地诉苦，我还记得我曾经笑着跟她说：如果我以后没有男朋友的话，都赖你。

那时候的她是很坚韧和认真的，那种坚韧和认真倒不至于到刻苦学习那一层面，而是忠实于内心。我一直觉得自己很是羡慕她，因为她从不惧怕些什么，那种我行我素第一次在我的世界里有了很真实的演绎。

直到今天，她说突然听到一首歌，然后很想我。我尽管伤感但也知道她一向讨厌文绉绉并且感性的对白，所以只是笑着敷衍了过去，然后我们聊到了很多，令我意外的是，她的谈吐不再像我所认识的那样自信满满和自在洒脱。尽管我们只是打字，但我却深刻地察觉到她的畏缩和落寞，她过得并不好，我很明显地那样感觉到，我一向很害怕看到我昔日意气风发的好友被这世界磨得失去了棱角。我倒不是真的有了会映射到我自己身上这种恐惧和担忧或是设想，而是惧怕，从中发现了时光和生活最残忍却又无声的那一部分。后来我们有一搭没一搭地聊了半个小时，最后她问我谈恋爱了吗。我笑着说，没有啊，以前怎样现在还怎样。然后，说，如果什么事情都是这样，也不算太糟。我突然就被一滴眼泪灼热了视线。

月光

我亲爱的好朋友，好想就这样任性地逼迫你收下我写下的信件。我是以桌面上那本你最爱看的湛蓝海洋为封面的杂志为伴写下的，它时常让我想起你温柔的眼眸、细腻的心思、浅淡的笑容和优雅的谈吐。我多么庆幸我是在你的陪同下度过了些许日子的，要知道这世界上能彼此相伴的人那么稀少，可是我却分享了你的所有秘密还有烦恼。

我知道你喜欢睁着眼睛仰望太阳，我了解你听哪首歌的时候会猛然想起某个远去的人，我完全数得出来你生气的次数。我知道你最喜欢的味道是被洗涤干净的棉被单掺和着阳光和微风的那种香气，我了解你每次低头沉思的时候都在想些什么。我完全知晓你闹别扭的原因。

我的亲爱的好朋友，我写这一封不明就里的短信给你，可是却不知道往哪里寄。我们明明失散了多年，可是为什么每次我想起你，你好像还是多年前在我身边用手指抚摸月光的那个人。

变故

生活中突然发生一些变故，很多人负着气背弃了最初我们说好了的 *承诺*，转身就各自离开。但是，起码身边也还是有些曾经的朋友陪着我，即便有时候另一部分人因为各种原因离开，让我觉得分外不舍和难过。但是想想那些曾经一起欢笑的日子，也觉得这种时光总也会有到头的时候，在我们都还彼此 **挂念** 的时候来个余音绕梁，也不算是最坏的。

波澜

一个爱得很理智的女人总是得不到她应得的 *疼爱* 和关怀

因为她总是过分清醒和聪慧

也过分懂得适可而止和波澜不惊

她总是不习惯暴露弱点和软肋

所以你们总说她很坚强很冷漠

可是你们都不曾脱下她的防备又有什么资格说她不能够令人心生 *温暖*

美丽

漂亮和美丽在我看来是两个等级的事情

一个人可以没有漂亮的眼睛

却会有美丽的眼神

可以没有漂亮的声音

却会有美丽的言语

可以没有漂亮的脸蛋

却会有美丽的笑容

可以不是漂亮的人

却同样可以是美丽的人

或者

也许你只觉得我是个擅长咬文嚼字的人

虚无

我很奇怪，生长在这一个互联网发达的时代却不信任互联网，我喜欢一字一句地写在纸上，我喜欢把相片一张一张地印出来，我喜欢把爱听的歌刻成光碟，我喜欢把所有承载在网络这个虚无世界里的东西都尽可能地有形化。

我手里拿着那些东西觉得踏实而可靠，那时候我便不会再害怕它们忽然在世上遗失。有一天我听到一首歌，她唱，你要如何原谅时光遗失的过程。是啊，我就是害怕时光遗失而去，而最终我被它抛在后头无从追赶。

我真的恐惧，假如有一天我们再也找不到我们生活过的印记那该如何是好。我这一切担心看来是有些多虑了，因为其实除了自己之外，也没有人在意我从哪里来要到哪里去。

真相

你说人心为什么那么难猜测，我时常坐在人群的外围静静地看着人们的表情和神态。在很多细微的地方你看见它们还是会泄露喜怒哀乐；但当你在那其中，竟然发现表情如此模糊，行动如此迟钝。

你只好通过语言臆测内心，可是你知道说出口的话总是过分掩饰着一个人的思路。有些人言不由衷，有些人文不对题，有些人左顾右盼，有些人沉默不语，你发现眼睛里看到的竟然也不是真相。对啊，人心为什么那么难猜测？

让自己孤独疲惫　才会发觉时间滚烫善良

钥匙

我们必须坚定不移地做自己

就好像一把钥匙只有一枚锁可以与它匹配那样

如果我们总尝试让自己活得像别人

那当一个专程为我们而来的人终于到来时

已经变得不伦不类的你

他还能够辨认吗

症结

有时候无法理解这种人

事情的缘起和症结都在他身上

可他却总在左顾右盼上蹿下跳地高呼　那怎么办

呼喊却不有所行动

不满却从不自省

脱臼

有时候真的不必纠缠，拉扯得过分了，

就不怕他对你*残存*的一些想念脱臼吗？

该放掉的时候，就勇敢地放掉。

痛是你自己的，而不是将它转换成为与对方哀怨和乞讨式的*拉扯*

让他记忆里的你还是那个在阳光底下让他追着奔跑的样子，

让他偶尔想起你来，还有那么一丝丝的悔恨，

如此比你那苟延残喘式的挣扎要优雅高贵许多。

不要说感情不需要这些为衬，很多时候你被他看穿了你的*卑微*和

依赖，你就再也无法和他在同一个高度*平等*交谈。

坏毛病

让我们一起克服庸人自扰的坏毛病

让我们一起克服神经敏感的坏毛病

每天就无厘头地大笑着过去不好吗

心满意足地接受每一个上帝赐予你的时刻

我们不要思前想后想太多

把需要思虑的事情留给那些一直懒于思考的人

有时候就是因为我们想太多了

把别人那份都想完了

他们才会不劳而获又不好好珍惜

所以我们一起没心没肺的多一些吧

你觉得怎么样

扑克脸

有一些人，外表冷漠，对谁都是一张扑克脸，但是他如果对你笑了，你就知道他对你有着不设防的友善和亲近；而有一些人，热络开朗，无论是跟谁在一起都能谈天说地嘻嘻哈哈，所以你一直都不知道，对他来说谁是比较特别的存在。人心难测，也很难猜。

踟蹰

我所想拥有的人生是有着昂扬的激情和奋发的斗志，我喜欢"意气风发"和"风华正茂"这两个词，它们总会让我想到一些关于挺括和激昂的姿态。我赞赏那种昂首阔步向前走的人生形式，不必踟蹰却也不是奔跑，就脚踏实地自信满满，走得稳健又坦荡，我羡慕可以那样走过人生的人。

我从不耻笑那些谈论哪怕不切实际梦想的人，我反倒羡慕他们敢于谈论，我常从他们的眼神里看见我失掉了很久的神采。我仰慕那种光芒，它时常让我觉得刺眼可是温暖。我想靠近它，到能被它照耀的地方去，然后在那种光彩之下也试图绽放出自己的一些色彩。

我不喜欢现在的自己，变成了一个喜欢以"时间打磨了我"为借口逃避生活的懦夫。曾经我也天不怕地不怕地在这世界上横冲直撞，那时候的我，我想她了。

丑恶

在又一次亲身体验了一把人性的丑恶之后，我深深地埋怨起我身上过分单纯的成分。你手无寸铁地迎上去，然后对方不费吹灰之力地捅你一刀，当你爬起来想还手，才发现原来他是全副武装而来的。

可是我会因此就变成跟他们一样的人吗，我希望不是的。"己所不欲勿施于人"，这是我的人生哲学之一。我还是会做一个善良的人，只是，在必要的时刻，我会学聪明一点。另外我要谢谢那个人，因为有时候对手比同盟更能激励你。

情怀

我时常觉得水下有一个世界

根茎深植于此

在水下以某种挺括的姿态

那个世界时常让我看得忘记时间

我着迷于那个透明又纯粹的水下世界

不尽然是海面那样的宽阔与丰富

你尝试过用透明的玻璃广口瓶栽植过水生的植被吗

你把它推送到阳光中去

它折射出来的情怀比电影好看

你比他们疲惫是因为你比他们有责任感

纯粹

你见过生命最纯粹的样子吗

当我看见他用尽力气地呼吸

我突然就为自己感到羞愧

生命本身的样子竟然是如此有力的

它足以让生灵感到颤抖和仰慕

你比他们有责任感是因为你没他们看得开

喧嚣

不祈求更多

只希望当所有喧嚣浮躁洗去之后

那真切且不完美的我原原本本老老实实地浮现时

你还能对我报以最欣慰的笑容

留下一半

当作是给自己后退的选择权

也是给对方因吃不够而旺盛的食欲

恰如其分

我有一颗勇敢的心

它总静静地陪伴着我的孤独和挫败

它从不缺席也很忠诚

它可以恰如其分地安慰我

它也总教导我对很多遭遇不必认真

不是因为善良所以勇敢

而是因为勇敢所以善良

我有一颗勇敢的心

它总让我有足够的勇气面对风浪　复杂　不公　和残忍

它给我的勇气让我慈悲和单纯

日子

日子里还有事　举棋不定

日子里还有情　表里不一

日子里还有歌　婉转动听

日子里还有诗　惹人哭泣

日子里还有爱　意乱情迷

日子里还有梦　亭亭玉立

日子里还有你　耍小聪明

日子里还有我　深爱往昔

这日子很短暂　短得狰狞

这日子很漫长　长得深情

这日子很素净　真切透明

这日子很华丽　繁花似锦

这日子终将失去　失去却并不惋惜

因这日子里　我过得丰盈用力

时刻

夜晚的公车和白天一样熙攘只是乘客的言语很少，我坐在后排靠窗的位置。窗外好像开始下雨了，雨丝倾斜地打在玻璃上，把视线轻轻移开，车上的人面无表情地站着坐着，坐我前面的小姐歪着脑袋像是睡着了，车里的空气显得沉闷让人透不过气，司机先生在急转弯的同时拧大了收音机的音量。

这时候我听见站在不远处的一位年轻男人对着电话的那端温柔地说："我在车上，快到家了，今天你那里冷吗？晚上吃得好不好。"周围的一两个人回头看着他，他害羞地低头又轻声地说："我这里中午出了太阳，然后我想你了。"我想这大概是今天最温暖我的时刻。

忍耐

你会怎么说服自己做你并不想做却必须做的事，我时常被这个问题深深困扰住。因为我深知我是一个怎样的人，我知道破釜沉舟这种事情并不适合我，我总是难以全神贯注，这是我的弊病，难以克服也难以逃离。

我很难为了一件事情拼尽全力，所以到末了，又常后悔假如当初再用心一些事情也许会更不同，但怎么办呢？我就是无法告诉我自己这件事情我真的要放多一些力气。

所以我也只好等待事情依照它的步伐慢慢淡出，我也就装作若无其事地接受那个诞生下来却并不漂亮的结果。

我想我注定不会是一个多么了不起的人物，因为了不起的人都有了不起的耐性和聚精会神的特长。此刻我突然发现，我的这一生也许都在上"忍耐"这一课。

一支新画笔画下的却都是旧时记忆

每一笔都画在心上

是刀刀入骨的隽永颜色

刽子手

有很多事你总想闲下来的时候再做

但是真正闲下来了又常常忘记去做或是干脆不想做了

遇到了想做的事就立刻去做

遇到想爱的人就毫不犹豫地爱

"时机"有时候是个扫兴的家伙

也是谋杀激情和热忱的刽子手

放纵

很想去听一场演唱会

也不一定是偶像的

是那种

在台下把曾经每天耳机里反复循环的歌曲忘我地吼出来

听着一首熟悉的歌想起一个人或是一段难以忘怀的时光

跟着人潮在旋律中陶醉地摇头晃脑

在荧光棒的海洋里感受一次不计较结果的投入和热忱

然后在结束之后久久地沉浸在某段旋律里难以入睡

痒

受了委屈

即便难忍

却也还是庆幸自己不是不痛不痒地活着

既然人生不批准我们无忧无虑

那么痛苦困难委屈和脆弱也算是生活的另一种调剂

盘旋

昨晚听到一首歌

他唱　你来来回回地占据我的故事

这一句一直盘旋在半空

落不下来

情绪

想没有说重　说没有写重　字是最重的

哪怕只是写下一时的想法　也会被当作极慎重的话

说话可以天马行空　写字却必须深思熟虑

用字来发泄情绪　是最不理智的

安静

又哗哗地下起了雨　前几天还一直嘲讽天气预报说

每天都预报明天有雨却一直是晴天

今天算是狠狠报复性地开始打雷下雨了

听着歌写了一篇乱七八糟的字　翻了翻新出的杂志

对着窗外发了一会儿呆　生活给予了我太多的安静

这种安静的记忆里也常有一些窸窸窣窣的雨声

姿态

你总要和些并不适合交心的人虚伪交际

你总要和些并不真心接纳你的人强颜欢笑

你必须游走在他们中间佯装无私豁达

你必须把眼泪硬生生地狠狠吞下去

你总要和些无足轻重的小事情打交道

你总要和些此起彼伏的小情绪相互纠缠

你必须学会自己用尽全力发出声响动静

你必须做到坚强得无懈可击且不能抱怨

这就是你现在所面对着的世界

偶尔歇下来你也很心酸埋怨

但是这就是世界的样子

就算你并不接受并不喜爱

却还是像被带进旋涡里一样身不由己地就身在其中了

你当然可以以清高的姿态对恶俗的世界规则不闻不问

对　你当然可以　可事实上你也总做不到

雨

骤然又是一场雨

难怪今天闷得像是憋坏了似的

突然记起小学时上着语文课窗外雷电交加

老师竟然放下课本让我们去走廊上看雨

虽然事后免不了写一篇作文

下雨天干点什么好呢

收拾收拾屋子

整理一下衣物

然后把音量开到最大

放着轻快的歌

伴奏里和着些雨声

把倒霉的今天一脚踹翻在门外

游离

这世界上有很多人只是负责问问题

提问只是他们的直觉

那样的发问从不是为了获取答案和结果

有时候你认真严肃地作答时发现他们眼神游离思绪空旷

然后你会觉得这世界还有人比你自己更傻更天真的吗

跟美好的明天说 幸好你还在

茶盏

泡好一壶茶倒进白色的茶盏里小口小口地喝

放上一张喜欢的 CD 把音量调到并非打扰而是引导思考的大小

轻描淡写地翻一本杂志

时而记录下脑袋里闪现的只言片语

将灵魂变得清澈带它远离喧闹的世界

你将自己变成你最喜欢的那个样子

然后坐在一旁安心地看着那个自己

尽管只是片刻

鞋

下雨天我常看见有人脱下鞋子赤脚踩在被雨水淹没的路上

鞋子原是为了保护我们容易受伤的双脚

但它漂亮的外表昂贵的价格却让它的本质被轻易遗忘

无论什么时候我们都该清楚地知道

不该让那些为我们所用的事物成为所累

你的自由来自于对这世界心无旁骛全神贯注的依赖

作料

疲累于人际关系

疲累于想法没有出口

疲累于有话不能直说

疲累于太多拐弯抹角的借口

我们的生活总是被缠绕上烦恼

有些烦恼是天定无奈

有些烦恼是庸人自扰

可也很奇怪

假如有一天生活一帆风顺又好像少了一味辛辣佐料

缤纷

有一种鸟

它没有油亮缤纷的羽毛

也并不是强壮优越的品种

公平的上帝给了它一副好嗓子

希望它能唱得出众生未曾听过的美妙乐音

只可惜它偏偏选择在午夜放歌

吵醒他人的好梦

死穴

我忘记自己从什么时候开始就不吃橄榄了，细想原因，大约是多年前的每个上午和午睡起来的下午，我都要站在校医室内等着微波炉加热一碗又一碗的中药，闷头喝下之后含一粒橄榄。

那时候觉得橄榄的味道刚好盖过了药味的苦涩，可多年之后，不知怎么的，那味道竟然成为了一个引子，时常让我想起嘴里苦涩的汤药。每个人的生活里都会留下伤疤和死穴，有时候，是什么时候留下的早就无从得知，后遗症的有效期长过痛本身。每阵痛一次，都是在曾经的痛苦里又行走了一轮。

迷蒙

在你的生命里会遇见多少个雨天，每一次你都正好带了伞吗？你所遇见的，是迷蒙的江南细雨，还是倾盆豪迈的瓢泼大雨？每一次的雨天，你是在街上奔跑的那一个，还是隔着窗户向外张望的那一个？

这些数也数不清的雨天里，其实也有很多人把眼泪狠狠甩进雨水里，然后在放晴之前鼓起勇气。

片段

听一首歌　脚趾头在被窝里打节拍

望着天花板　支配午后背诵心事

午夜失眠　睁着眼睛盯着夜灯打在墙上的光　数绵羊

手里捧着书　却对着地板自言自语说旁人听不懂的话

热气腾腾的水开始不适合在这时节饮用

趴在木桌子上听周围的嘈杂被敦厚地吸收

对着镜子练习微笑　因为也许明天会遇到喜欢的人

风筝好久没放长满灰尘　拾干净后又顺便打消了激情

翻阅照片　抽出来用笔在背面写上拍摄的时间地点

写日记　字句唠叨又没营养　多年后估计也懒得看

看一部新找来的法国电影　一边在稿纸上练几个怎么也写不好的字

把播放列表里放到前奏就会跳走的歌移除掉

这些生活片段每天在我生活里重复出现

是我最近做得最多的事

白开水一样的生活流得比雨后的积水要流利

生活本来也没什么了不起的

我已经开始劝服我自己学习过一种更淡然的生活

回到人群也会自如

独处时也异常自在

地老天荒

走!

往最黑暗无边处走　往最绝望孤独处走

往最荒凉诡秘处走　走到世界最底端

走到海洋最深处　走到地老天荒

便　尝　过　了　永　恒

忸怩

如果你想要尝试被世界认识　那么你要先尝试把自己推向这个世界

你无法永远矜持忸怩地站在角落等谁牵引你

很多时候你感叹机会总是别人的

而事实上你从未真正争取过什么

有时候为自己放手一搏未必是一件难以启齿的事情

你不做　就永远不知道这件事你是不是真的做不到

逃离

这个世界上总有些地方你千方百计地想逃离

每一次逃离之后又总会回到那里

你用一次又一次斩钉截铁的逃离去印证

它真的就是那个你一直在寻找的地方

有些东西你拥有了不是因为你多想拥有

而是你可以在那些求而不得的人面前

趾高气扬地厌弃它

尝试

假如真有一个机会我很想尝试坐高铁

虽然我也说不上来它跟比较慢的火车坐起来有多大不同

但人生里总有些事疏于尝试便成为一种缺失

无论大小

想起来总是遗憾未了的心事

我并不觉得缺憾会让人生更美好

它只是让你更松弛

不必时刻警惕逼迫

学会随遇而安的平和心态

敏锐

有一条来自远方的大河

它带我去到你梦的深处

怠惰会让你失去敏锐

失去了敏锐的你是麻木僵硬的

也变得不值得爱

当你将自己练习得更加有灵气

你的眼眸会将它的光传播出去

然后你所看到的世界会是曾经你没有发觉过的那样亲和

而站在世界中心的你也莫名地拥有了让人心动的能力

第四辑

About memory

有些时光
不依不饶　没齿难忘

看看你的窗外
今天你那里的天气好吗
那风有把你带回到曾经的某个时刻吗

凉

当我以为我对你来说是重要而不可替代的存在时

却发现

没有了我　你依然能讲出生动逗趣的话

坐在旁边的不是我你也能笑得一样灿烂

很多话也不是只对我才说

甚至你对我的缺席也并未不习惯

当我一直以为自己对你来说是足够特别的

却发现一切不过是我自己的念头罢了

"我以为"

是这么冰凉又荒谬的讽刺

暖

机缘巧合也好

或是俗套地称之为命中注定

但是情愿相信

那个你有世界上最温暖明媚的笑容

静静地看着

世界好像就不会有冬天

嗔

有的人喜欢听甜言蜜语听山盟海誓

你知道我喜欢听什么吗

小时候我最喜欢听妈妈说

吃不下就算了

现在我最喜欢听别人跟我讲

我帮你都搞定了你放心吧

对我来说最窝心的话就是你发现了我是在强打精神努力支撑

然后你告诉我说

我有你所以不必那么辛苦

这么多对我而言就是全部了

我画下一张通往你的地图

冬阳

我答应过你的

我会笑着

所以无论发生什么事我都会笑着面对

因为你说过

我笑起来的样子是像冬阳一样柔和又温暖

然后发现那是一份庞大的感情

秋千

我可不可以邀请你一起观看我梦境里的草原

带你参观我收拾得干净利落的温暖的庭院

一起荡荡藤蔓缠绕的秋千

我可不可以邀请你一起聆听我喜欢的 CD

一同零零落落地敲下几个伶仃的音符

躺在你怀里用呼吸和彼此说话

我可不可以邀请你一起朗读一遍我喜欢的诗歌

把那些我们共同喜欢的字眼誊写下来

在右下角我盖上我的唇印你写下你温柔的名字

我想邀请你一起共同完成些更隽永的事

比如说

我好想跟你一道在干净的月色下

等待美丽的清晨

让露水沾湿睫毛

年华

我把我最珍贵的那段 年华 收藏起来

紧紧捂在怀里

当日后我们在彼此的怀抱里静静流逝生命　鬓角 斑斑

我会拿出来

它还带着我的体温和过往岁月沉默掩上的 灰尘

那时候我会问你

你所爱上我的时刻是不是这样沉默安静又精妙绝伦

回收站

从回收站里移除的文件尚且有还原的可能

一个人

哪有那么容易从心里彻底连根拔起

当你在等待一个你深爱的人时

时间会变得冗长

可是温柔

流转

总 有 失 望

在季节更替间反复流转

总 有 悲 伤

是明明灭灭的灯光

总 有 倔 强

在繁华落尽后独自疗伤

总 有 昏 黄

是你离别后我孤单乘凉

我 也 很 想

不悲不喜掏空思想

我 却 不 能

泯灭我们当初相拥时候

耳畔刺骨的冰凉

陌路

我又怎么会惧怕流言蜚语和成为众矢之的

我又怎么会被陌生而冷酷的眼神所伤害

能在这其中伤害到我的

是你眼睁睁看着这一切发生却不出手阻拦

是你耳闻所有却不发出声响

是你深知我是怎样的人却依旧不选择相信

是你若真的爱我怎能不救我于水火

困扰

我一直严厉地控制自己的言谈　我很矛盾

因为我知道在一切还不明朗之前我什么也不能多想也不能多做

我害怕过分热络让你困扰　我害怕过分矜持无法前进

我绞尽脑汁想尽办法断断续续地持续交谈

我想不到更多更看似云淡风轻的话题来维系我们的联络

我又舍不得默不作声

因为那会让我有亲自毁掉这份交集的负罪感

可是我该怎么做

我其实有时候更害怕的是

这陪着我谈天说地的你

这份热情与爽朗只是一种习惯而不是之于我的特例

我们为什么在相爱时殊死抵抗　而分别时泪流千行

香甜

我还是想谢谢你

即便有一天你终将离开我

你却依然游走在我的梦里

像是我们初识那样纯粹

我们只就那样笑着

什么也不必多想

我多感恩

你走了之后

留给我一个个被你织起的香甜的梦

敏锐

我是敏锐的

所以我很敏感地了解到你细微的关心

可是我这敏锐又时常让我陷入难处

因为我总是过分深化了你对我的情感

也许你只是浅浅一笑

我就以为那笑里有你对我的温柔

一滴似是而非的海水

而我恐怕只是你浩瀚的心上

你是我眼里的一滴泪

执念

对于夏天

我有一种很难言说的执念

莫名地就很喜欢

阳光树林沙滩海水蓝天白云和哪怕潮热的空气

我都喜欢

其实我们对事物的偏好大多时候是因为

我们在那里埋入了我们太多的情感

那些情感让那样事物变得独特和不可取代

曾经我因为你喜欢上夏天

但是后来你离开了

可是喜欢上你的那个夏天我一直都那么清楚地记得

记忆里更深刻的是

那个被你喜欢着的时刻

僵持

我在想我们是不是就这样了

彼此僵持着

仿佛谁先开了口就输了所有的坚持

然后我在想

此刻的你也跟我一样盯着彼此的名字

只希望它一瞬间能表露出些什么来

是我过分乐观了

还是我过分敏感

我就突然间觉得

我们是不是就只能像现在这样了

静默

我讨厌你的沉默和冷静沉着

当我无理取闹的时候

当我焦虑敏感且脆弱的时候

当我咄咄逼人的时候

当我向你求证一些什么的时候

你怎么可以做到

就那样

静默而残忍地

离开

我总在你面前大大咧咧地笑嘻嘻

但是你知不知道我在你不在我身边的时候

为你掉过多少眼泪

俏皮

认识你以后我开始努力学习你的幽默感

我学会说好多俏皮的话

我学会让自己不那么拘束

我想最后哪怕你爱的人并不是我

我也还是学到了难能可贵的那一课

在爱情里

很多时候我们都在丰满那个曾经干瘪的自己

然后在灵魂里留下我们爱的人的味道

躲闪

有时候我觉得很有把握

有时候我觉得绝望透顶

你总是主动靠近又躲躲闪闪

我只好捕风捉影地在所有你给过的信息里检索出少许的提示

可也没有答案告诉我我猜得到底对不对

你的这份试卷太长了

我一题题认真地答下来

最后的结果却是

我真的

真的

不了解你

褪色

爱上你以前我是一个骄傲的人

我有永远庞大而顽固的自尊心

后来我为了你把它们艰难地从身上褪去了

褪去的时候我流淌着鲜血弯曲了骨骼

我让自己重新生长

甚至不畏惧那疼痛和煎熬

因为我告诉自己

那是为了爱情

现在我只想告诉你也告诉自己的是

我希望我的自我折磨和对自己的残忍是值得的

你

值得我这样疼痛地褪去原本的样子

我希望是的

旧人

不唱哗众取宠的情歌聊以自慰

也不以纠缠的词句挽留旧人

对待感情的态度我从来很明确

在我们彼此深爱的时候要你知道我有多爱

在爱情离开的时候泰然自若

我知道爱一个人很痛

在你对我还有爱的时候我觉得痛却不苦

可我始终要你了解

就算我当真深深爱你

我还是最爱我的尊严

嬉笑

就在我很难过的时候

你适时地出现

尽管我们也只是嬉笑着聊些无关痛痒的事

可我突然就发现

这个有你陪着的时刻

竟然是明快的

以至于我自己都无法相信我如此依赖你

厚重

我因为有了对你的爱恋所以感到自己厚重起来

不是浮萍

有了根

盘根错节地生长

可以轻易拔起和死亡

再不是风里飘零的落叶

从此有了气息和感想

你知道我沉默不语的时候在想什么吗

我在想

为什么你就不能主动开口说点什么呢

骄傲

愤愤不平的时候我就想

如果往后当你再想起我时你有那么一丝的后悔和眷恋

那么我就赢了

我的胜利并不在于我对于重新走在一起的期待

而是我必须要你承认

那时候我对你的心意和感情你再也不会遇到了

如果我能够在你的心里留下一些什么的话

那一定要是最美好的最能使你羞愧的部分

我不需要你的怜悯和同情更不是高姿态的妥协

我要让你看到我的爱情是圣洁高尚以及独一无二的

我们最后相互告别了

我也要是最先迈开脚转过身的那一个

我的确是一个争强好胜的人

所以我要你知道

在我能给予你爱情的时候

我期待它是最好的

胜过于你从别处所得

尽管我也常因此伤痕累累

但我不恨你也不恨任何人

因为能给你我的所有

是我最骄傲的事

割舍

我目送着你离开

你还是像我脑海里残存下来的印象里那样的背影

我站在走廊的尽头探出头去

迎着阳光目送你离开

时间一下变得很宁静

我都听不到它滴滴答答走着的声响

可是我却清楚地听到你的脚步声

那种脚步声

我闭着眼睛也知道是你的

我看着看着突然觉得视线有些模糊

然后我把头缩进窗口

揉开蒙在眼睛上的雾气

也就是那么短的时间

你就走出了我的视线

就那么短的时间

可是你知道我花了多长时间让自己走进你的世界吗

这一次我也不知道

自己要花多久时间可以慢慢割舍掉被你渲染得那么丰富的记忆

独幕剧

我喜欢坐在你对面趴在桌子上看你

我看着你低头专注地翻书写字画画

那时候我觉得世界很温柔

我专注地欣赏着你的专注

我爱慕你的专注

那种专注让我仿佛看到你身上更*深邃*的部分

我希望时间可以尽可能地延长

我一直可以这样静静地在一个刚刚好的位置看着你

后来我醒了　揉一揉眼睛

原来我不过是只身在*冰凉*的桌子上睡着

我的对面是一把空无一人的椅子

它老实而又以一种近乎讥笑的姿态摆放在我面前

我于是顺应它给我的灵感嘲讽自己总热衷于在独幕剧里*抒情*

起身时　一件宽大厚实的外衣从我的背上滑落

熙攘

你站在街的对面冲着我挥手

嘴里还说着些什么

隔着熙攘的人群和车流

我听不到你说话

但因为你那样笑着

我相信那一刻你发出的是全世界最温柔的声音

仁慈

我们不敢痛痛快快地说爱

我们不敢轻而易举地说爱

我们不敢潇洒放肆地说爱

我们只小心翼翼地猜测着

我们只偷偷摸摸地试探着

我们只做贼心虚地躲闪着

我们要到什么时候才可以放心大胆地说

我喜欢你　我想和你在一起

我们就是做不到这样

我做不到却指望你能

结果是我们都彼此推脱责任

这就是让我们魂牵梦萦又捶胸顿足的爱情

喂　说的是你

你就给句痛快话吧

我没有你想象中的那么不堪一击

如果你说不

我会坦荡荡地走掉

你又为什么躲躲闪闪遮遮掩掩地跟我周旋起来

就说吧

当作你对我最后的一点仁慈

落叶

我尝试驯服这个冬天

让严寒变成火热

让萧索变成丰富

让淡漠变成温柔

让笨拙变成灵巧

让这个冬天冷冻住我的气息

来年我再取出来的时候

深吸一口气

半空中可以漂浮起些许颜色和香气

那是我留给你的礼物

我把它寄给你

这 时 候 的 我 对 你 的 情 感

全都完完整整地藏在那些看似简易的气息里

是我用我对你的这份赤诚和深情将它留住

请你善待它

就如同秋风用吹散了的落叶

浸染一个金黄色的世界

因为我也不知道在多年之后我自己再回想起来

当下的我和这时候的我的情感

还是一样的一股脑和死心眼儿吗

我不一定最爱你

但这时候的我除了想给你我的喜欢之外

别 无 他 想

鲜明

我们是彼此独立的故事，具备完整的开头结尾起承转合。有时候我想看看你，便躲在墙角里悄悄地翻开一页。

我不对着你摊开来的书页落泪，也不想用手划过每一行鲜明的字眼，外面的风大了起来，我起身去关掉一扇朝北开的窗户，离开的时候我忘了压上些重物。所以等我再回来，已经记不清刚才看到了哪里。

想陪你经历人生中很多重要又独一无二的事，以什么名义都不想考虑，有时候就这么想着。

瑰丽

你叫我等一下　我就听话地等

我以为等一下的意思是你会回来

结果当我在遥遥无期的等待时

我看见你的背影沉没进天边遥远的黄昏里

它瑰丽的模样

让我觉得很讽刺　我清醒又执迷

我讨厌对你的爱情把我变成一个愚蠢又固执的人

我知道我在做什么　却难以停下来

多想赋予你刽子手的权利

或者你就是

只是你总不痛快地将我了断

你的温柔的屠杀让我失掉了死亡前最后的尊严

木心

我有一颗木头做的心

它来自于大自然

你细细地嗅

还有些清风拂过的爽朗味道

遇见雨水它会浸湿

遇见海洋它会漂浮

遇见阳光它会温热

我没有一颗多么昂贵的心

它的表面被打磨得光滑平整

你不必害怕被它伤害

它不显眼也不张狂

它不够坚强却也很倔强

我有一颗木头做的心

那

你愿不愿意刻上你的名字

对不起

也许是我把自己的心意强加于你了

你说的话

我认真时候说的话你都不愿意当真

我玩笑时候说的话你却全都当真了

我说我爱你

你怎么都不相信

我说我恨你

你却立刻就信了

而我也不是玫瑰花

你给的答案

请你原谅我

原谅我此刻不断暗示自己我多么讨厌你

因为我若不这样做

我会被这没有答案的爱情勒紧咽喉直至死去

我需要逃离这危险的处境

而我又无法心平气和地以微笑收场

我是一个小气的普通人

我小气得让我只能在爱与恶之间做出选择

你不是小王子

你的眉眼

天色渐暗

暮色渐强

我把脸埋在沙滩

任海浪亲吻我脸庞

我听见远处孩童嬉闹的脚步

还有夜晚浓郁颜色侵袭树木的声音

几只晚归的飞鸟迷路般惊慌失措扑腾翅膀

我面朝着天探究星空深处隐约浮动的光

想起的竟是你温柔的眉角和你不告而别时背影沉默的巨响

你的面孔

我还是咚咚咚的心跳

我依旧看到你的名字时莫名地心悸

我依旧看到你的面孔时莫名地雀跃

我试图劝服我自己对你的眷恋和依赖

我告诉我自己现在放手还不算太疼

可是我的这颗心太没出息了

再给我一点时间吧

我想等我看着你时可以悠然大方地微笑以对

那时候你才真的走出了我的生活

那时候这个冬天才不会显得那么寒冷

因爱而生的疼痛　很疼

却也缠绕了温柔的呢喃声

我的救赎

此刻我很快乐

因为当我发现我不再为你而活时

我顿时好像憋闷了很久的阴雨天突然得到救赎重获阳光

我突然发现了我的世界那个没有你的角落

我才发现我有好久没有关照好我自己

糖果

你到底是谁

毫无预料地降临在我身边

塞给我会欢笑的糖果

唱给我世界上最动听的歌

带我看遍灰暗世界里绚烂的景致

帮我做从不敢想的美梦

然后有一天你却离开了

没收了你在的时候给过我的所有和幸福有关的颜色

食物

我守着我的孤单星球百无聊赖地度过数不清的日日夜夜

直到有一天我从漂浮的太空中拾到一只望远镜

我拿着它摆弄　透过它我看到了你

你的星球跟我的这颗全然不同　你常常邀来朋友做客

气球　酒杯　还有热气腾腾的食物

你有时会对着一块白板泼洒下明丽的我没有见过的耀眼色彩

你也常常一个人笑着转圈圈后来站不稳跌倒在地上

我透过望远镜看到这些的时候也不自觉地跟你笑起来

有时候笑得停不下来

可是　我看到的这一切都只是望远镜带我看见的

而这其中最可悲的不是你不知道我在这颗孤单星球上偷偷看着你

而是我自己也忘记了

我其实隔着我自己也不知道是多远的距离默默地欣赏你的生活

是欣赏而不是参与

行人

空旷的行人街道安静在发芽

午夜的星光灿烂微风伴着它

灯火映照出黑暗

闪烁时充满勇敢

剩我一个人独自呢喃

却不是孤单

繁华悄然地收尾只剩茉莉花

伶仃的喧闹凋落怎去辨认它

讽刺笑话已停产

沉默不因为惧怕

剩我一个人静默里说

我也很想他

情书

我 14 岁那年遇见了第一个视我为宝贝的男生，那时候我们根本不懂爱情；但是他却会在路灯坏掉的小路上牵着我叫我不要害怕，他会在我咳嗽的时候脱下自己的外套给我披上，他会在我写作业的时候静静地看着我。

他会为了我一时兴起想看的小说找遍所有可能的书店，他会在我家楼下的长椅上等我下楼一起上学，他会在数学考试之前帮我梳理我乱七八糟的知识点。

他是第一个在情人节送我巧克力的人，也是唯一一个假装跟我借书然后在还的时候偷偷夹上一封情书的人，那时候我们根本不懂爱情。
但是为什么后来再也没有人如此温暖过我。

窗外

我不知道每个女孩儿的心里最想要一个什么样的男人，我也同样不知道你对我来说是不是一个最好的选项，只是我常常整理着我们相处时刻的片段，然后总会情不自禁地笑得很灿烂。

你记不记得有一天晚上我们一群人围坐在一起，你坐在我对面，我笑的时候不经意跟你四目相对，你怔怔地看着我，我在你眼里找到了温柔的表情。

后来你起身去倒水，回来的时候先端了一杯塞到我手里。在人群中你总是紧紧地跟着我，我用余光看见你高大的投影，觉得自己像被呵护着的样子，突然就很想抱着你的脖子。坐在车上，我看着窗外的风景，你帮我摇上车窗怕我着凉。

我知道你不是一个浪漫的人，嘴巴上你从来都是个吝啬的人；但是我知道你也是一个浪漫的人，因为我生活的每件小事你都寸步不离地关心。你的眼睛和我的知觉告诉我，我现在所经历的这一切很美，却不是一个梦。

期许

在我们对话时我可以很清醒地判断出到底我们两人中是谁在主动推进，这在我们的关系里成为一个很重要的环节。

尽管严格来说到底是谁在经营一场对话并不有损于他的尊严和地位，但我却分外在意我们这对话中你是不是一直勉强作答。因为如果是，我想它存在的必要性会变成使我痛苦和烦恼的根源。

不敢把目光放得太远，享受现在所取得的，人会比较快乐；不敢想到太久以后的事，因为给自己设定了太多的期许，就不免会哀怨于现实的冷酷无情。

在我们之间，我也只敢于放大当下的快乐而不去幻想太多，因为我知道它终将有一个期限。在它到来以前，就把快乐放大，以后想起来，也不会觉得自己是沉浸在失望和难过之中的。

鸿沟

我害怕我们之间的争吵，因为那会让我们说出言不由衷的话。争吵时的人只想着怎样占领上风，于是便会开齐火力竭尽全力伤害对方。那时候我们看到的彼此是可憎的也是可怕的，是令人失望与恐惧的，我不喜欢这样；但我同样不喜欢我们之间在问题出现的时候只放在心里并不表达。

我们用礼貌来维系恋爱，用掩藏来表现宽容，最后当所有的退路都走到尽头。我们各自退到了我们世界的边缘地带，那时候定睛一看，在我们之间竟然是日积月累的鸿沟，我们只好沉默地退出我们共有的世界，受伤地离开，甚至连一句再见也无法传递。而我们却怎么也想不明白，我们怎么就走到了这里。

方式

我喜欢的你并不是花言巧语的人

你不多言语

遇到不知道怎么表述的问题只会害羞地笑

我喜欢的你并不是大胆外向的人

你并不热烈

但只要外出都是你静静牵着我的手

我喜欢的你并不是罗曼蒂克的人

你很少送花

可是每一回我遇到烦恼困难你都在我身边

我所喜欢的就是这样的你

我深知那就是你

所以我不会羡慕其他男人的甜言蜜语和惊喜浪漫

对我而言

你所给我的爱是你能给的最好的

这样就足够了

我们不必把爱人放在一杆秤上比较轻重

爱的方式那么多

而他爱得专心致志

还要再苛求什么呢

臆想

距离

你到底是应该让它更近还是更远

远的时候你看得不真切

近了又似乎会看到某些你不愿面对的真相

但比起远来

我还是更希望是近的

即便随着距离的缩短很多臆想中的美好都会烟消云散

但你总不是一生以自己的想象力为伴的吧

真实的事情再残酷不堪令人失望

也总不会像你的猜测和幻想那样对你撒谎

悲悯

我在这里

既不悲天悯人

也不放肆狂喜

我只是这么静静地等待

或许是生命中跟得上我的呼吸频率

或许是从身后拥抱我的一双大手

或许是可以让我倚靠的肩膀

或许就是我在无数个日日夜夜里对着风景描绘下来的人影

我在这里

那你在哪里

斟酌

我　打　了　好　多　字

每一个都仔细斟酌反复研究

最后呈现出来一版我最满意的

但是当我要按下"发送"时

却　还　是　将　它　删　掉　了

最后把手机放回原位

有些话我知道如果不说我会后悔

可是说了如若错了

那　就　再　也　收　不　回

咫尺

我 并 不 孤 单

我 走 着 的 街 你 也 走 过

我 看 过 的 天 你 也 看 过

我 听 到 的 鸟 鸣 你 也 听 过

我 嗅 过 的 花 香 你 也 嗅 过

我们隐约间透过相同的介质过着看似关联的生活

我努力感知你的存在

这过程中我时常说服自己说它很温暖

冥冥中我们会相遇的

当你和我隔着咫尺吹着风

刺

记 忆 带 了 刺
它 常 刺 痛 我

我却不忍将它遗弃
用力嗅嗅
那上面有你残留下的味道

我 因 此 情 愿 守 着 它
给 它 温 柔 的 照 看

度

我总想跟你说说很久以后我们的事

可每次我追问的时候你却总是叫我不必多想

你说明天以后还有明天

你说以后的事情以后再说也不迟

可是亲爱的你告诉我

我们真的有数也数不清的日子可以一起度过吗

张皇

对

兴许是我一直不承认

我不愿意承认我们之间再也没有联络的依据

我不想就这样回过身去

即便我咬牙转身离开

潜意识里还是渴求你从后面张皇着抱住我

只可惜我大约高估了我在这段感情里的重量和比例

对你来说我只是配合你演了一出你想要的偶像剧

我却天真地将心托付给你

真的也想理直气壮地说我们这段感情在我的生命里无足轻重

可即便是缅怀

我也没有力气

我喜欢 阳光 而你喜欢 雨

我喜欢 夏天 而你喜欢 冬季

我喜欢 热闹 而你喜欢 安静

可是

我喜欢 唱歌 而你喜欢 听

落花

你必定不是听见落花所以来到这里

那花悄然破碎在某天晚上的风里

尽管四下悄无声息

但那破碎的声音短小无力

因而被一阵风就轻易敷衍过去

它也很想壮烈恢弘地活过一生

即便不是一生

也渴求被你偶然瞥见

它也不祈求你为它作一首诗

你就仰头看看

它就心甘情愿为你落下枝杈

你有没有想过

再精巧坚韧的花也熬不过岁月

在某天晚上有一阵风吹过

它在甜甜的梦里含着笑容飘零殆尽

第二日的早晨你乘着朝阳来到树下

可你必定不是听见落花所以来到这里

你不过是在等待你的心上人

就像那朵小花曾经等过你

请走时在彼此手臂上印下一个炙热的吻

下一次相遇时便顺理成章地成为彼此强有力的依靠

指路牌

去到陌生的城市　最害怕的是找不到目的地

可是实质上路牌都会清晰地给出方向和指示

想来也是

其实目的地本身也殷切希望被你发现然后去拜访

可是茫茫人海中我们冥冥之中的恋人也带着一块指路牌吗

当他和我擦肩而过时

我们会不会恍然发现彼此

一眼万年

和你头顶头看日落

染红的云朵衬着你的脸好温柔

心跳像被风吹散了的小野花

听不见时间如河流在我们之间流动

分明耳边没有旋律却仿佛有歌声

终于知道什么是"一眼万年"

心事

我贪恋着河堤上流动的花朵

还有云彩鲜明的颜色

有几只风筝在我头上的天空飘着

我听见了远处孩子的笑声

于是想凑得再近一些好听见笑里其他的表情

有几只蜗牛赶在雨天背着它的壳远行

房间里你送我的那幅拼图不知怎么少了右下角的第三块

穿过裸露出来的雪白墙壁好像可以去往另一段故事

后来就迷迷糊糊地进到了梦里

也只有在梦里我才敢那么直白和放肆

醒来的时候窗帘遮住了天色

于是也分不清是黎明还是黄昏

而我们终于成为了彼此默契逃避的心事

目送

我把我的天真还给你

你还给我你的坦诚

我们像初相识那样腼腆　矜持　言语自持

短暂忘却了疲劳无休的争吵

和张牙舞爪的丑恶神态

再然后我们用背影目送对方离开

重新融回人海

成为面无表情中并不特别的一个

转过街角时我偷偷看了你

夕 阳 染 红 了 你 的 下 巴

安全感

我 不 够 成 熟

你 不 够 坦 白

这就是我和你的样子

你为什么不愿承认

就告诉我吧

还有什么是我不能承担的

因为此刻我竟然觉得

那些给我们安全感的东西

都包含了最不安全的成分

缺

我看见月光洒满你的眼

我知道天上还有一个缺

我希望你能

帮我把它填满

我听着海风数着一二三

我不想承诺永远只是说说就算

可 惜 你 的 话

永 远 只 兑 现 一 半

我们

天

再一次装点梦境

雨

又一次侵蚀风景

只能用

轻声细语向你说起

啊　**我们**

那你呢

云

静静地剥落回忆

风

悄悄地带我离去

这一次

用什么表情想念你

啊　我们

那你呢

又一次

被记忆灼伤身体

啊　我们

那你呢

我 深 爱 着 一个人
所 以 即 便 是 阴 雨 绵 绵 雷 电 交 加

我 都 觉 得
心 已 然 是 被 照 亮 的

敷衍

刚好是这风给了你敷衍的机会

你躲躲闪闪地回避言语

我并不执意于苦苦相逼

假如在我们之间这是仅有的关系

我倒情愿自行了断

起码如此一来

你眼里的我还有着潇洒痛快的优点存在

滚烫

我很喜欢

你徐徐展开来的生命轮廓

它让我觉得分外灿烂

很想推开窗户加入你狂欢的脚步

也放肆地大叫出来

纵情歌唱

对着星空闭上眼睛许愿

在空荡的马路上狂奔然后躺在斑马线上感受沥青的粗糙质地

然后靠在一棵有着苍劲生命力的大树下深情接吻

夜晚的冰凉正好陪衬了我滚烫的心

拐 弯 抹 角 东 躲 西 藏

藏 着 掖 着 羞 羞 答 答

周 旋 拉 扯 然 后 混 乱

最 后 连 主 角 都 丢 失

笔墨

你总以为他笑里的明媚是因为眼前的你

你总以为他字里行间的温柔是因为看在眼里的你

你总以为他言语间的顾盼是因为坐在一旁的你

你总以为你在他生活里至亲至密

可当有一天时光它巧妙又狡猾地把所有悬念洗刷干净

你才知道

他的故事里从来没有你的笔墨痕迹

作秀

我常能看见一些小朋友以天数来炫耀自己在一起的时间

"今天是我们在一起第 100 天"

"今天我们在一起已经 520 天了"

诸如此类

常觉得以天来庆祝的恋情大概是两位主角彼此心里都有一种不确

定

都有预感也许就在明天两人会分离

我常羡慕老一辈的爱情

相守相依

不懂得情人节

也不一定牢记伴侣的每一个生日

但是两人再次庆祝结婚纪念日的时候

已经是金婚了

花蕊

让自己软软落下来没有重力

抽离掉疲惫的部分和强撑的笑容

让自己放松到不牵动一根神经一块肌肉

我们把过时的日子收起来互不提起

等待它咬死在咽喉然后生出一点可以吞噬的花蕊

还记得那一年你笑着奔向我

然 后 刹 那 之 后

这 个 梦 怎 么 就 醒 了

花蕊

你
只
看
见
两
颗
星
星
孤
傲
闪
烁
的
样
子

你
怎
么
知
道
它
们
是
怎
样
痛
苦
相
思

谦让

我常常告诉我自己像现在这样很好

可以说笑聊天

可以毫无负担

不用共同为未来负累

没有流言和不属于我们的累赘

一门心思地只为了笑而笑

只为了有话而说

我们为什么一定要变成恋人呢

我常这样想

直到某一天你牵着另一个女孩子的那一刻

我才会明白其实现在这样根本不够

谦让只是因为还没遇到对手

霸道占有是因为我想为你做更多

女主角

假如你和我一样独身一人，在茫茫人海里随时淹没走失，手机从来不会主动响起，偶尔响起也是万恶的地产广告。你并不是喜欢独处，而是那是你唯一可以选择的方式。

你常在想"我的那段故事什么时候可以开篇"，你常常着急也常有身边的人为你着急，爱情是只等便可来的吗？但是我总相信，假如我的故事还没开始写。

那是因为世界上还有另一个男人的故事里缺了一位女主角，一定有一段故事里聚光灯只属于你，台词和拥吻以及山盟海誓都只属于你，不必强求那些不属于你的故事收容你，因为你本来就只属于另一段专为你开启的故事。

三言两语

偶尔　三言两语

相遇时局促紧张

说着　云淡风轻　的话

手心攥得很紧

直到对话结束

你是　落落大方　地错身离去了

我在原地懊恼又抓狂

你是不是得意透了

我恨你神气的样子

像是知道我的　张皇不安全　全是为了你

纸鹤

我 用 最 粗 陋 的 方 式 想 念 你

把 你 的 名 字 写 在 纸 上

叠成一只　纸鹤

投入精美的　盒子

我用最矜持的方式想念你

并不随意脱口而出

让它沉进心里

羞于让你知道

我用最干净的方式想念你

像我桌上那株小花

在阳光下　闪烁

和云朵做伴与清风　舞蹈

夜 晚 和 星 星 一 起 沉 睡

我 只 用 我 的 方 式 想 念 你

雪花

我梦见一个美丽的　冬夜

天空飘下　雪花

掉下来却不着痕迹

灯火融化在寒冷的空气里

融成远处迷蒙的背景

悄悄走过一处阁楼

用余光往里张望

透过窗户的缝隙感受温暖的气氛

光的真实仿若并非梦境

在雪地上用树枝轻轻画开你的名字笔画

又舍不得让雪花覆盖

却又害怕被旁人察觉

因而写得小心谨慎又　云淡风轻

醒来时天色　浓郁昏沉

霎时竟然想不起

到底是黎明还是　黄昏

行李箱

我时常觉得孤单好像是我与生俱来的属性

即使在人群的中心

也还是无法依靠拥挤取暖

我很想知道我会这么孤单多久

还有你什么时候才会出现

我硬是逼迫自己不去找寻

我固执地想不声不响地站在墙角等你来找我

就好像程又青说

她就是那个行李箱　等待一个人来把她拎走

我这只不特别的行李箱

什么时候可以陪同一个看得见我的人进行一场美妙的旅程

丝

跟一个人维持一段难以定义的关系

聊一整天

不痛不痒却是有趣的话题

不问及现实也不讨论将来

打趣的轻松对谈

然后轻快地说句晚安

这样的关系里

我们看不清彼此之间千丝万缕的那一些是什么东西

于是我们想看得更清楚一些

好奇心让我们开始拆分那些隔在我们之间的埋线

拆完了之后却发现

暴露出来的我们竟然没有最初的样子可爱

温柔

温柔是太阳刚刚好的入射角

温柔是一首歌静静地循环一下午

温柔是红茶滚烫泛起的热气

温柔是一朵花幽暗静好的香

温柔就是

这 一 刻 我 还 有 你

盛宴

我在等待和你一同奔赴一场盛宴而不是传说

街角的白玉兰开好了想不想去看看

多年前星星比现在明亮却无暇抬头欣赏

直到后来年华逝去才明白什么都不再回来

唯记得那年清风做伴红霞丰满比爱更爱的傍晚

故 事 幽 暗

情 绪 简 短

牵挂总不敌突袭惊喜

你是不是爱情逃兵

恒温

至少　我们虔诚而又忠贞地依偎过

至少　我们贪婪而又放肆地思念过

至少　我们也曾经不计后果不问始末

至少　我们也曾经试图成为彼此的太阳

哪怕到最后我们还是不欢而散分道扬镳

可回忆里却还是有某一处始终被恒温珍藏没有变质

现在我们谈笑风生了　可转过头挥别故人的时候

我不知道为什么　想起你来还是有种落泪的冲动

只是我不想让你看见　并将深情错认为纠缠

所以我潇洒而爽朗地迈开步子　摆出你所熟悉的姿态

我好害怕让你知道我其实还这么离不开你

我固执地断定我的眼泪只是因为不服气和不甘心

我想让你觉得追悔莫及痛心疾首

想让你后悔这样的一个我

你这么轻易地就放了手

依附

我不想让自己变成依附于你的存在

让自己失去我本来的形状然后只把自己交付给你

我知道那样的我不会可爱

也必然会让你觉得爱我很沉重

爱的重量会把深度吓退

连蜗牛也会离开它的壳

所以我会努力镇静地面对你也许会离开我这个事实

邂逅

在人群中只有你能立刻找到我

偷偷站在我身边假装是邂逅

站在图书架的两侧

我从书背后偷偷看你专注的眼睛

你爽朗的笑轻柔了晚风

心上一抹明亮的粉墨

是属于你和我第一个夏天的所有颜色

缝补

迁回着的时针穿梭缝补情绪

躲避之所不求宽大只愿宁静

盘旋降落的温热烫坏回忆

沉思会让躁动失去声音

面向海滩大方敞开我的窗户

欣赏树影婆娑树下是你

赤城

我并不惧怕跟你一同奔赴任何历险

我甚至潜心地请求你那么做

假如我是个故步自封的人

那么我便不会这么赤诚地爱着这样的你

星芒

如果我们爱上了一个对的人

我们将会变得比从前更爱我们自己

一个真正值得我们爱的人不会准许我们自惭形秽

我们会发现自己前所未有的价值和优点

你常能看见他温柔眼眸眼里的你

是不灼热却明亮的星芒

光

你和星光长了同样的翅膀

我常能看见你散布在周身掩饰不掉的光

你笑起来的样子无论怎么都一样好看

只怨我留不住它在我心上镌刻下的字样

轻柔

疼痛会让你保持清醒和警觉

你不会因为无知觉而感到安逸并因此松懈下来

它时刻让你警惕周遭且维持敏锐

你在忍耐的过程中感知到你自己的真实

只是疼痛却又是可怕的

因为你不知道它什么时候会停止

我是不是应该感谢而并非憎恨你带给我的这些疼痛

我还记得你说缝补能挽救一切伤痕

我应该感谢上帝对待我爱过的你是那么仁慈轻柔

因为你说出这样的话就表示

其实你从不曾真正痛过

生气

知道你生着气并且会把周围的人通通扫射一遍的习惯

所以不会把你的气话当真

更不会因为你的气话生气

一个人对另一个人的了解就是这样的

对不对

瞭望

宇宙间瞭望 彼此

是一颗星

在人间徐徐降落

成为陪伴

天空和大海在远处相互契合

我微眯着眼睛从睫毛阴影处偷偷看你

负荷

耳机里的音乐戛然而止的时候

耳机本身的重量就显现出来

然后才发现它塞在耳朵里的负担

在一段爱情关系里

负担也是在感情稀释之后慢慢浮现出来的

因为我们总觉得如果我爱对方

那么我什么都可以忍受什么都可以包容什么都可以忽略不计

直到有一天爱情戛然而止了

才发现彼此已经不堪重负那些加在对方身上的重量

曼妙

徒步走向未知冒险

被日光和空气里恬淡的清香召唤

找到一块安身立命的土地

虔诚地对它施以信赖

让自己的灵魂被洗涤得更轻盈一些

等待着一场盛大的仪式

心愿变得微小可是富饶

愿这曼妙的景致也曾紧紧牵引着你

娇嗔

一定是因为我这恼人的胆怯

所以并不曾与你提起

提起那片湖面开过的荷花还是多年前一般的娇嗔可人

也并未示意过水底色泽动人的鲤鱼

它们也不知为何便朝你游去

水面上倒映出来的影子是斑斓的灵动色彩

连 夏 天 都 来 了

我 还 在 犹 豫 些 什 么 呢

索取

我并不想向你索取什么

当你的狂妄变成了谦逊

当你的霸道变成了温柔

当你的浮躁变成了踏实

尽管你用这谦虚温柔和踏实打动的是另一人的心

却是我用我的引导宽容耐心让你变成现在这个你

这是我在你身上留下的痕迹

尽管这些痕迹被他人赞叹的时候并不曾提及我

可 你 也 该 知 道

我 的 爱 也 并 不 是 一 文 不 值 的

朦胧

只敢趁着 *夜色*

朦 朦 胧 胧 中

朦 朦 胧 胧 地 *看你*

才会因为朦胧的视线无法仔细分辨你的神色和表情

有时候因为看得太清反倒成为猜疑和低落的原因

就这样挺好的

朦胧中看见你听我说话时嘴角挂着 *笑意*

宁静

和你对坐在大理石地板上

你捧着书静静地看

我把背靠在沙发上

阳光洒进落地窗

一只鸟停在阳台的扶手上

我们专注地目送它的降临和离开

和你在一起

我就常会想和你一同完成些更宁静更隽永的事

瑕疵

我丝毫不在意他们如何评价我

因为他们本就不真的认识我

但我把我的秉性　品格以及并不让人喜爱的瑕疵都告诉你

因为我希望你所喜欢的

是我这个并不完美却十分认真生活的人

寂静

向你索要通向理想国境的密道

将我救出这寒冷陌生的世界

挖掘出冰冻僵硬的冬眠

你躁动深情的梦想滔滔不绝

寂 静 月 光 押 着 湖 水 起 皱 的 韵脚

你 曾 形 容 我 是 雪山脚下 兀 自 盎然 的 春天

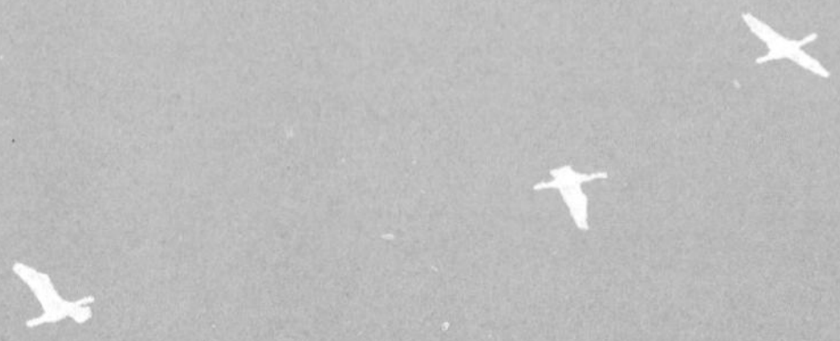

图书在版编目（CIP）数据

幸好还有，爱和梦想/文青安吉著.—武汉：武汉大学出版社，
2014.1（2019.8重印）

ISBN 978-7-307-12156-0

Ⅰ.幸… Ⅱ.文… Ⅲ.随笔－作品集－中国－当代 Ⅳ.1267.1

中国版本图书馆CIP数据核字（2013）第272232号

责任编辑：陈 凤　　责任校对：程 飞　　版式设计：吕 伟

出版发行：武汉大学出版社　　（430072　武昌　珞珈山）

　　　　（电子邮箱：cbs22@whu.edu.cn 网址：www.wdp.com.cn）

印刷：阳谷毕升印务有限公司

开本：880×1300　1/32　　印张：8.5　　字数：200千字

版次：2014年1月第1版　　2019年8月第2次印刷

ISBN 978-7-307-12156-0　　定价：45.00元